SAMMLUNG DIETERICH
BAND 357

Panait Istrati

Neranzula

ROMAN

DIETERICH'SCHE
VERLAGSBUCHHANDLUNG
LEIPZIG

Originaltitel: Nerrantsoula
Aus dem Französischen übertragen,
mit einem Nachwort und Anmerkungen versehen
von Roland Erb

ISBN 3-7350-0021-5

Hinweis

Der Titel dieses Romans ist NERANZULA, und ich möchte, daß er eines Tages, in der definitiven Ausgabe, wiederhergestellt wird. *Das Lied vom Graben*, ein Titel, den ich in großer Eile erfinden mußte, ist nicht der meine. Er ist mir aufgedrängt worden mit der treuherzigen Versicherung, ›kein Leser könne es sich merken‹, dieses indessen so einfache Wort: *Neranzula*.

Das ist traurig! Panait Istrati

LANG IST ES HER, seit ich im ägyptischen Alexandria einige sonnige Winter verlebte. Und wenn die Erinnerungen, die ich aus jener Zeit bewahre, nicht besonders fröhlich sind, wie sollte ich mich nicht begeistern, wie sollte ich mich nicht hinreißen lassen von den seltenen Augenblicken, die den Unglückskessel unseres Daseins umstürzen und uns ganz mit Freude erfüllen, daß uns das Herz zerspringen möchte?

Trotz meines von Mühsal geprägten Lebens habe ich immerhin solche Augenblicke gekannt.

Die Wintersonne von Alexandria, seine mittelmeerische Sonne schenkte sie mir. Ihretwegen, um ihres Mittelmeeres und meines Lebensdurstes willen nahm ich die großen Portionen der Bitternis in Kauf, die mir mein Schicksal mit ein und demselben Tablett auftischte.

Ich nahm sie in Kauf, denn ich hatte die Ahnung, daß das Leben denen das ganze Tablett wegzieht, die die Hand danach ausstrecken, um nur die Sonne zu nehmen.

Wenige Stunden des Lichts gestand mir das Schicksal zu für einen Arbeitstag ohne jeglichen Reiz, doch erzwang ich mir die Dosis Glück, indem ich freiwillig die Portionen der Bitternis vergrößerte: Ich gab zahlreiche lebensnotwendige Dinge hin, nur um meine Augen möglichst viel von der überflutenden Helligkeit, dem überwältigenden Himmel und dem sich in der Ferne verlierenden Mittelmeer trinken zu lassen. Mit einem Wort, ich war ein schändlicher Arbeiter. Ich ließ meine Beschäftigung ohne Entschuldigung im Stich, sobald mich auch nur eine Fliege mit ihrer Macht verhöhnte, die Sonne allein für sich zu beanspruchen.

Dann ging ich fort, denn das Herz war mir schwer von der Schwäche, welche die Menschen so gern bestrafen ... Ich ging fort, reich an Freiheit und arm an Hoffnung.

Meine Füße, auch sie waren schwer von solchem teuer erkauften Glück, führten mich stets an den Rand von Alexandria, nach Ramleh, von wo die afrikanischen Palmen über das Mittelmeer hinweg ihre an der Côte d'Azur, dem europäischen Ramleh, aufgereihten Schwestern betrachten. Das gleiche Meer liebkost sie, oder es schilt sie aus. Die Sonne taucht sie, freigebig, wie wir sie kennen, alle in das gleiche ungestüme Licht.

In Ramleh gibt es prächtige Lokale wie in jeder märchenhaften Landschaft, wo die Reichen allein sein möchten, allein beim Einverleiben ihrer schmalbrüstigen Freude.

Mein Gott, wenn ich sah, wie erbärmlich sie sich auf den Terrassen langweilten, während sie ihr hassenswertes Nichts genossen, dann verstand ich, warum das Leben in seiner Undankbarkeit mit einem Armen wie mir so streng verfuhr.

Und ich, der Arme, wagte es, diese von Reichen vollgestopften Terrassen zu betreten, diese Häuser, wo man die Nargileh und den Kaffee, meine köstlichen Laster, mit für mich unerschwinglichen Preisen bezahlte. Aber nichts von dem, was ich in meinem Leben gewünscht habe, ist mir unerschwinglich geblieben: Oft habe ich meine Freuden mit dem Blut erkauft, einer Währung, von der die Banken nichts wissen, und niemals werde ich es bereuen, denn diese Bäder des Lichts haben mich die Düsternis meines Daseins ertragen lassen.

Für einen Kaffee und eine Nargileh in der Ramleh von Alexandria oder auf den großen Kais von Smyrna, für eine Stunde des Traumes, die das ganze Leben eines Tages, manchmal einer Woche für mich war, habe ich stets gehandelt wie der brave Rumäne, der in dem Volkslied sagt:

Mit meiner Liebsten gab an einem Abend
Ich eines Sommers lange Mühsal hin.

Ja, ich gab … Man muß viel geben, um viel zu erhalten.

Das geschieht von selbst und ohne Mühe. Aber nicht das ist das Problem.

*

Man liebt nicht das Licht, ohne zu gleicher Zeit die Menschen zu lieben. Nicht alle Menschen. Niemand liebt sie alle, und nicht einmal Christus hat sie so töricht geliebt.

Wir lieben das, was uns in mannigfacher Weise ähnlich ist. Wir lieben unsere Wünsche.

Eines Nachmittags sah ich in Ramleh auf einer von eingebildetem menschlichem Großvieh überfüllten Terrasse einen Mann. Auch er hatte mich erblickt. Und ich wußte sofort, was er dort suchte, was er betrachtete, was er empfand. Auch er wußte all das von mir, und, was mehr ist, wir hatten in unseren freimütigen Blicken die Farbe unserer Wünsche, das Wunder unserer Ähnlichkeiten erraten.

Nicht immer geht es so zu. Oft habe ich mich, wenn ich die Menschen einschätzte, zur Hälfte getäuscht, niemals ganz. Aber je mehr ich mich täusche, desto besser, denn es kann sich dabei nur handeln *um das Leben nach meinem Herzen, gesund wie Quellwasser und gewaltig wie ein Wetterstrahl.*

Ich liebe den Mann, wenn er von Kindheit an die Freundesliebe in sich trägt. Ich liebe die Frau, wenn ihr Blut von fleischlicher Lust aufwallt. Ich gebe mich ihnen hin, mit Raserei, ohne zu feilschen. Das kostet mich viel, aber nie haben die erlittenen Enttäuschungen die Stärke meiner Wünsche verringert, und nie werden sie es tun.

Mit der heftigen Leidenschaft des Spielers suche ich überall mein Glück. Ich spiele immer mit vollem Einsatz, denn ich verabscheue die Knauserei. Wenn ich mich täusche, verliere ich nichts: Der andere verliert. Man verliert nichts, wenn man sich völlig hingibt. Übrigens kann man ebensogut von der Sonne sagen, sie werde versiegen, wenn sie sich wahllos und schonungslos hingibt. Um so schlimmer für die Gletscher, die schließlich selbst dahinschmelzen. Aber wenn ich gewinne, habe ich einen Schatz errungen! Ich spreche von der Freundesliebe; denn leider gleicht die fleischliche Lust dem Blitz: Sie ist heftig, doch ohne Dauer.

Aus solchem Lehm bin ich geschaffen, und das ist es, was er liebt. Es ist mir nicht leid darum und auch meinen großen Freunden nicht. Und Marco, den ich und der mich schneller versteht, als wir an jenem Tag in

Ramleh unsere Nargilehs rauchen konnten, Marco war vielleicht der glücklichste von allen.

Der bezaubernde Bösewicht versuchte sich jedoch zu schützen. Er wußte aber wohl, daß es vergeblich sein würde, denn das Bedürfnis zu lieben und dem andern sein Herz zu öffnen ist bei den Zärtlichen stärker als die Scham, die uns verpflichtet, die Verletzungen zu verbergen. Dennoch wollte er mir die Zurückhaltung eines Mannes von Welt bezeigen, des ›armen Mannes von Welt‹, der Gras frißt, Wasser trinkt, mit der Kraft der Mollusken liebt und seine geringfügigsten Kratzer verbirgt! Und an dem Nachmittag dieser unvergeßlichen Begegnung ließ Marco mich mit ernstem Gesicht sitzen und ging ohne ein Zeichen der Ermutigung fort.

Wie ein Mann von Welt.

Der Wolfshund reizte ihn mit seiner überschäumenden Freude: Er verlangte, daß sein Herr einen Kieselstein nahm und ihn möglichst weit fortwarf. Marco ging träumerisch, die Hände auf dem leicht gebeugten Rücken faltend, am Strand entlang und erwiderte die Liebe seines besten Freundes nicht. Ich ließ mich von dieser Gleichgültigkeit nicht zum Narren halten. Ich folgte ihm lange Zeit in angemessenem Abstand und rief mir die Züge des schönen Freundesgesichts, das ich erbeuten mußte, ins Gedächtnis. Und eines Tages erbeutete ich es. Wie? Das kann man nicht lehren.

Und nun vergeßt mich. Von mir wird nicht mehr die Rede sein. Hört diese Geschichte, die sich in Erdenwinkeln ereignet hat, von denen die meisten von euch nichts wissen.

Es ist die Geschichte, die mir der Mann erzählt hat, den ich auf einer Terrasse von Ramleh bei Alexandria entdeckte, ein Mann, den ich liebte, ohne zu wissen warum, und der mir so manches Mal das Herz gebrochen hat mit diesem munteren griechischen Liedchen, dessen erste Strophe in der Übersetzung etwa folgendermaßen lautet:

Am Ufer des Meeres, am Strand,
Neranzula fundoti!
Ein Mädchen wusch seinen Rock,
Neranzula fundoti!*

* kleiner, dicht belaubter Orangenbaum (mit bitteren Orangen). (Anm. d. Autors)

Erster Teil

Ich war etwa sechzehn Jahre alt, als mein Vater ein kleines Haus in der Judenstraße von Brăila kaufte. Wir zogen unverzüglich ein. Ich wußte, daß uns diese Wohnung wie gewöhnlich nicht sehr lange beherbergen würde, denn mein Vater tat nichts anderes, als daß er baufällige Häuser kaufte, sie instand setzte und an den erstbesten Interessenten weiterverkaufte. Dies war mit einem Wort sein übrigens recht einträgliches Gewerbe. Das keineswegs anstrengende meiner Mutter bestand darin, ihrem Ehemann bei seinen nicht endenden geschäftlichen Besprechungen zur Seite zu stehen, während sich eine Dienerin mit dem Haushalt befaßte und sich mit den Arbeitern katzbalgte, die die baufällige Bude zurechtflickten.

Meine Aufgabe war es dabei, zur Eckkneipe zu laufen, um Wein in Flaschen für meine Eltern und ihre Kunden zu holen, die alle tranken und von ›Kaufen‹ und ›Verkaufen‹ sprachen. Das langweilte mich zu Tode. Zu meinem Zeitvertreib streute ich Mörtel in die Soßen unserer Hausgehilfin und Salz in den Gips der Maurer, was dazu führte, daß sich alle in die Haare gerieten und Abwechslung bei dem Spektakel entstand. Es machte mir außerdem Spaß, mit meinem großen Papierdrachen auf der Straße zu spielen, wobei ich barhäuptig und mit offenem Hemd gegen den Wind anrannte und stets allein blieb. Ja, allein, obwohl ich weder feige war noch menschenscheu, aber ich fürchtete die von den Straßenjungen geworfenen Steine, besonders seit dem Tag, als ein solcher Stein meinen Kopf traf und ein Loch hineinschlug.

Deshalb hielt ich mich, als wir eben in die jüdische *Mahala* umgezogen waren, von den Jungen unseres neuen Stadtviertels fern. Diese schufen, obwohl sie ›Judenkinder‹ waren – und das bedeutete: völlig harmlose Angsthasen –, nichtsdestoweniger unzählige Gelegenheiten, bei denen man sich Löcher im Kopf holen konnte, denn gerade, weil sie solche Hasenfüße waren, hatten die kleinen Rumänen aus der Nachbarschaft keinerlei Mühe, dorthin zu kommen und sie auf eigenem Terrain zu schlagen. Hemdbrust und Hosentaschen mit Kieselsteinen vollgestopft, drangen sie in die Straße ein, und von morgens bis abends flogen die Geschosse nach allen Seiten. Man wurde sogar auf dem Hof, über den Zaun hinweg, getroffen.

So mußte ich wohl oder übel zunächst auf das bei diesem häufigen Wohnungswechsel sehr genossene Vergnügen verzichten, mich auf der Straße herumzutreiben, die Örtlichkeiten in Augenschein zu nehmen, neue Menschen und neue Sitten zu sehen. Indessen bot sich meinem Liebesverlangen ganz von selbst eine unerwartete Hauptbeschäftigung.

In diesen Mahalas sind die Höfe durch Zäune voneinander getrennt, die aus alten Brettern mit schmalen Zwischenräumen bestehen. So kann man alles sehen, was beim Nachbarn geschieht. Und da die Leute dort recht neugierig und wenig höflich sind, wird nach Herzenslust hingesehen. Auch ich selbst tat es nach dem Vorbild der Erwachsenen, die, wenn sich Anlaß dazu bot, keineswegs davor zurückschreckten, sich durch die Zaunlücken ins Gesicht zu spukken oder sich den nackten Hintern zu zeigen.

Ich aber hatte nichts zu zeigen und niemanden anzuspeien. Ganz im Gegenteil, ich hatte das Vergnügen, tagtäglich in dem rechts von uns gelegenen Hof ein vierzehn-

bis fünfzehnjähriges Mädchen zu sehen, das sich flink wie ein Fisch im Wasser bewegte und nicht zu begreifen geruhte, daß auch ich Verlangen trug, es ihr gleichzutun. Doch sie war ein Mädchen, und wie eine Hündin, die den Biß des Rüden nicht fürchtet, hatte sie keine Angst vor den Kieselsteinen der Jungen. (Der Junge verliert, wenn er zum Mann wird, selbst diesen menschlichen Zug, so daß er sogar eine Schwangere schlägt.)

Schwarzbraun und langhaarig, ähnelte sie einer Zigeunerin. Den starken Zopf hatte sie mit Sorgfalt geflochten. Ihr Gesicht – oval, sehr ernst, mit großen scharfblickenden Augen und vollen Lippen – war stets rein gewaschen, wie auch die Hände, Beine und Füße.

Sie hatte übrigens auch nur mit dem Wasser zu tun. Vom frühen Morgen an gab es für sie, die in jeder Hand einen Blecheimer trug, nichts als das Hin- und Herlaufen zwischen der Pumpe des Stadtviertels und den Häusern, die sie versorgte, und sie bekam eine Fünfbanimünze für den ganzen Weg, unter der Bedingung, daß die Eimer ›schön voll‹ waren. Um dieses Ziel zu erreichen und um beim Gehen nicht behindert zu sein, entfernte die kleine Wasserträgerin die Gefäße mit Hilfe eines harten Tragholzes von ihrem Körper und trottete unter dem Joch dahin. Dennoch mußte die Arbeit sehr erschöpfend sein, denn ich sah sie oftmals mit verzerrtem Gesicht, schiefgezogenem Mund, hängender Unterlippe, stark schwitzend, aber niemals traurig, niemals entmutigt; doch sobald sie ihre Last abgesetzt hatte, war sie lustig und zu allem möglichen Schabernack aufgelegt. Keineswegs aber zu den dummen Streichen der Straßenmädchen aus dem Viertel, sondern sie blieb allein im Hof bei ihren schönen kleinen Hunden, die sie badete, mit unzähligen Bändern schmückte und ohne Unterlaß liebkoste. Oder sie machte sich, wenn sie genug hatte von ihren Wauwaus und keine Gänge erledigen mußte, aus dem Staube. Dann sah ich sie stundenlang nicht mehr. Wenn sie zurückkehrte – ihr Gesicht schäumte über vor Begeisterung –, nahm sie ihre Eimer, machte sich rasch an die Arbeit, beendete sie; dann streckte sie sich im Schatten eines Maulbeerbaumes aus und begann wieder mit der Pflege und dem Putz der Hunde, auf die sie die größte Sorgfalt und die mütterlichste Zärtlichkeit verwandte.

Kein Mensch in ihrer Nähe. Kein Vormund. Keine Eltern, keine Schreie, keine Flüche. Dringende Rufe nach Wasser von allen Seiten.

Das Dunkel verschlang sie, sie und ihre

Tiere, und man hörte nur noch die gemurmelten Liebkosungen und die Einladungen zur Nachtruhe.

Der Morgen fand sie wieder mit dem Tragholz, mit gestreckten Armen und gespannten Halsmuskeln, wobei die Fäuste auf beiden Seiten die ziemlich weit entfernten Henkel umklammerten und die Lippen ein wenig bebten. Dann kamen die Hunde dran, das plötzliche Verschwinden, die strahlende Rückkehr.

All das sah ich eines Sommers, zu Beginn der großen Ferien.

»Mutter, wer ist dieses Mädchen, das die Wassereimer trägt?«

»Ein Waisenkind.«

»Wie heißt sie denn?«

»Ich weiß es nicht. Niemand weiß es. Man nennt sie die sacagiță.«*

*

Eine Waise ... Die vor einem Jahr hierhergekommen ist, Gott weiß woher ... Die sich stets geweigert hat, ihren Namen und den ihrer Eltern zu nennen ... Die von Stana, der alten Hausbesitzerin, aufgenommen worden ist, und die Leute nennen sie Wasserträgerin ...

* rumän., Wasserträgerin. (Anm. d. Autors)

Das ist beinahe alles, was die ›Leute‹ über dieses Mädchen wußten. Und sobald die ›Leute‹ ihre kühle Neugierde befriedigt hatten, tauften sie den Eindringling *sacagiță*, wandten ihm den Rücken und widmeten sich wieder ihren Geschäften, dem Geschäft des Sammelns, dem Geschäft des Anhäufens, dem Geschäft des Kaufs und Verkaufs von Häusern.

Beklagenswerte *Leute*! ... Und du, beklagenswerter Mensch der Gesellschaft! ... Wie leid du mir tust! ... Du begegnest auf deinem Weg einem Menschenkind mit zusammengebissenen Zähnen, das ganz erstarrt ist vom Frost des Erdendaseins, und statt daß du ihm deine Wärme, deine große Menschlichkeit erweist, fragst du es sogleich:

»Sag einmal, Unbekannter« – während man eben das eine Bein vor das andre setzen will –, »wer bist du, woher kommst du, was hältst du von unseren Ansichten, und was gedenkst du bei uns zu tun?«

Und der Unglückselige, der die Kinnbakken nicht auseinanderkriegt, um dir zu antworten oder um dir wenigstens ins Gesicht zu spucken, sieht dich an. Und weil du es eilig hast, wendest du ihm den Rücken, hängst ihm einen Spitznamen an, wie man einem Hund einen zerlöcherten Schmortopf an den Schwanz bindet, und machst dich davon und gehst wieder an deine Geschäfte. Du machst dich davon: du beklagenswerte *Gesellschaft* … und du beklagenswerter Mensch *der Gesellschaft* …

Wie leid ihr mir tut …

*

Eines Tages, als ich mich schüchtern dem Zaun näherte, kam die kleine Einzelgängerin zu meiner großen Überraschung plötzlich auf mich zu und fragte mich:

»Warum spielst du denn immer nur auf dem Hof?«

Ach! Welche Freude mir dieses Zeichen der Freundschaft bereitete! Mein Herz schlug schneller. Ich fühlte, wie meine Wangen zu glühen begannen. Die Worte stockten mir. Ich senkte die Lider.

Sie stand jenseits der Zaunlücke und streichelte ihren kleinen Lieblingshund *Leu*, den sie an die Brust drückte, und wiederholte sanft, mit klangvoller Stimme:

»Warum? Warum denn? … *Marco* …«

Ich fuhr zusammen und stotterte:

»Du weißt, daß ich *Marco* heiße?«

»Ich habe es gehört, wenn sie dich gerufen haben …«

Mit großer Mühe gelang es mir, sie anzusehen und sie zu fragen:

»Und du, wie wirst du genannt?«

Sie antwortete mir ganz natürlich:

»Die sacagiță.«

Es war, als bekäme ich einen Dolchstoß ins Herz. Ich wandte ihr den Rücken zu und lief fort, um zu weinen.

Sie nahm den gräßlichen Spitznamen *sacagiță* seelenruhig hin! Diesen Namen hatte man dem schönsten Mädchen meiner ganzen Kindheit gegeben!

»Was kann mir das ausmachen?« sagte sie am nächsten Tag, als ich ihr meine Empörung, meinen Abscheu gestanden hatte. »Was kann mir das ausmachen? *Man ist das, was man ist ...*«

Dann sagte sie mit sanfterer Stimme:

»Bin ich *für dich* eine *sacagiță*?«

Für mich! ... Oh, für mich! ... Nein! Nein! Ich riß ein Brett aus dem Zaun, zwängte mich durch die Lücke und nahm sie in die Arme.

Ihr Körper war hart wie Stein. Ein mir noch unbekannter Duft, der Duft eines Körpers, den man liebt, durchströmte meine Adern: Es war wie der Duft einer fremdländischen Frucht, die man zum erstenmal kostet.

Ich ließ sie sofort wieder los und schlüpfte in unseren Hof zurück. Dann sahen wir uns ernsthaft in die Augen. Ihre waren weit geöffnet, und, wie es schien, verwundert. Ihr Gesicht war ganz still, unbewegt und verriet keinerlei Erregung. Ich ... ich war völlig atemlos.

Rings um uns her keine Menschenseele. Auch die Straße lag ganz verlassen.

Das geschah an einem jener drückendheißen Nachmittage im August, wenn die Bewohner der Mahala, nachdem sie die Fliegen verjagt und die Vorhänge heruntergelassen haben, sämtlich schlafen.

In der Woche darauf ereignete sich etwas, das mich das Herz meiner Freundin erobern ließ.

Es war an einem Vormittag. Sie trottete tapfer von einem Ende des Stadtviertels zum andern und brachte ihren Kunden Wasser. Unterdessen spielte ich mit meinem Drachen auf der Straße, allerdings in unmittelbarer Nähe meiner Tür. Der Drachen stand sehr hoch. Ich hatte ihm die ganze Leine ›gegeben‹, die auf dem Knäuel war, um ihn im großen Flug zu erproben. Ich sah nichts und hörte nichts. Ich war bemüht, die Vorzüge und die Mängel meines Spielzeugs zu begreifen, als mich ein ferner Schrei erbeben ließ: Es war die Stimme meiner Freundin.

Am oberen Ende der Straße ließ sie ihre Eimer fallen, klatschte in die Hände, heulte laut und kam in wahnsinnigem Tempo auf mich zugerannt, wobei sie mir Zeichen machte. Ich sah mich um und bemerkte, daß sich ein Wagen mit zwei Pferden davor im schnellen Trab näherte, während sich der kleine Leu, der aus dem Hof entwischt war, mitten auf der Straße wie ein junger Bär seelenruhig am Ohr kratzte und nicht auf die Gefahr achtete. Wenn ich einen Augenblick zögerte, würde der Lieblingshund meiner Freundin überfahren.

Ich lasse meinen Drachen los – der zu den Wolken enteilt –, stürze los und reiße das Tier vor den Hufen der Pferde weg, aber ich werde vom Wagen getroffen und falle bewußtlos zu Boden.

Als ich wieder zu mir kam, standen eine Menge Leute um mich herum. Man rieb mir ein paar lädierte Rippen mit Alkohol ab. Man beklagte mich.

Dann begaben sich die Leute wieder an ihre Geschäfte, und ich konnte allein zum Zaun gehen.

Meine Freundin erwartete mich dort, sie hielt Leu auf dem Arm. Sie reichte ihn mir durch die Lücke zu, doch als ich ihn nahm, erschrak ich über die angstvolle Miene des geliebten Mädchens.

»Du bist ja so blaß?« fragte ich.

»Ich gebe ihn dir!« sagte sie mit erstickter Stimme. »Ob du so etwas liebhaben kannst!«

»Ja, sehr.«

»Und was kannst du für das tun, was du liebst?«

»Alles!«

»Das ist wahr … Du hast es mir bewiesen … Ich bin dumm … Verzeih mir.«

Und diesmal schlüpfte sie durch die Zaunlücke, nahm meinen Kopf in ihre Hände und küßte mich auf beide Wangen.

Das waren die ersten und die einzigen wollüstigen Küsse in meinem Leben, die mich nur ein paar Schmerzen an den Rippen gekostet haben. Die andern, alle andern aber …

Aber, lassen wir uns doch Zeit! …

*

Meine Rippenschmerzen nötigten mich, mehrere Tage das Bett zu hüten. Die Herrin Leus und meines Herzens kam jeden Nachmittag für eine Stunde oder länger, um mich zu besuchen und ihren Hund zu streicheln.

Ich hätte meine ganze unnütze Gesundheit hingegeben, um dieses glückliche Dasein des geliebten Kranken noch länger genießen zu können. Ewiger, dein Schöpfungswerk sei gelobt! Wir betrachten es als unvollkommen, weil wir beschränkt sind, aber verzeihe uns und kümmere dich nicht um unseren armseligen Menschenverstand! Nur eines ist bedauerlich: Daß du nicht daran gedacht hast, uns anstelle des armen Gehirns, das immer im Weg ist, ein zweites Herz einzupflanzen!

»Marco«, fragte mich meine Freundin einmal, als sie an einem dieser Augusttage, die so reich sind an Sonne, Stechmücken und feinem Staub, auf meinem Bett saß, »Marco! Bist du eifersüchtig?«

Als sie dies sagte, wurde ihr Gesicht so blaß wie in dem Augenblick, als sie sich von dem Hund trennte, den ich gerettet hatte.

»Eifersüchtig?« gab ich zurück. »Warum stellst du mir diese Frage? Und warum bist du so ängstlich?«

»Weil ich *dich* liebe, *dich und auch noch einen anderen! ...*«

Als ich dieses Geständnis hörte, machte mein Verstand einen Purzelbaum, das Bett begann zu kreisen, und fast hätte ich Leu zerquetscht.

»Ja«, fügte sie hinzu, »ich liebe euch alle beide wie *einen einzigen*, so, wie ich Leu liebe. Das ist alles, was ich überhaupt liebe. Du mußt dich nicht ärgern. So ist es eben.«

Und sie umarmte mich, aber sie hätte mir lieber mit dem Hammer auf den Kopf schlagen sollen.

Ich spürte sofort, daß ich keine Tränen vergießen durfte, daß ich es mit einem starken Geschöpf und mit einem ebenso starken Nebenbuhler zu tun hatte und daß es mir nur gelingen würde zu kämpfen und meinen Platz zu behalten, wenn ich mich meinerseits als stark erwies, sogar stärker als sie beide. Das spürte ich. Die Zeit hat mir recht gegeben. Aber bitter genug …

»Wer ist der *andere*?« fragte ich mit erstickter Stimme.

»Du wirst ihn sehen … wenn wir bei den *neranzula fundoti* über den Graben springen.«

»Bei den … wie? Den *neranzula fundoti*? Was bedeutet das?«

Ich wußte sehr wohl, was diese griechischen Worte bedeuteten, denn ich konnte ausgezeichnet Griechisch; und dennoch verstand ich nichts und sah sie stumpfsinnig an.

Sie brach in lautes Gelächter aus, und es war so schön, so wohlklingend und so überraschend, daß ich meinen ganzen Kummer vergaß. Auch Leu vergaß seinen Kummer. Und wir kullerten alle drei im Bett herum, lachten, bissen uns und bellten wie drei junge glückliche Tiere.

»Sag mir, meine Schöne, meine Schöne … *Neranzula* …«

»Du nennst mich Neranzula?« rief sie bestürzt.

»Ja, aber …«

»Ist das nicht wieder so etwas wie *sacagiță*?«

»Nein! Nein! Neranzula bedeutet: *kleiner*

Bitterorangenbaum; und *fundoti*: *dichtbelaubt*. Du bist für mich also: meine kleine Bitterorange, mein kleiner dichtbelaubter Bitterorangenbaum! Das kommt in dem Kehrreim eines griechischen Volksliedes vor, das du gehört hast und das du immer wiederholst wie ein Papagei. Aber sag mir, was es mit dem Graben auf sich hat, über den du springst, und wo er ist.«

»In der Uliță Kalimera ...* Dort haben die Arbeiter die ganze Straße aufgerissen, von einem Ende bis zum andern, um Rohre zu verlegen und das Wasser in die Stube zu leiten. Wie man sagt, hat der Polizeipräsident schon welches: Man geht zur Wand, man dreht etwas, das ›Hahn‹ genannt wird, und das Wasser kommt ganz von selbst gelaufen. Das möchte ich einmal sehen! Glaubst du es? Das Wasser der Donau kommt *ganz allein* ins Zimmer hinauf? Unerhört! ...«

Ich wußte nicht mehr als sie darüber, ob das Wasser der Donau *ganz allein* in die Küchen heraufkommen würde oder nicht, und ich glaubte kaum an diese Geschichte mit dem ›Hahn‹, den man ›an die Wand nagelt‹, den man ›dreht‹, damit er einen Wasser-

* *Griechische Straße*, die von den Rumänen so genannt wurde, weil sie die Griechen von morgens bis abends *kali-mera*, guten Tag, sagen hörten. (Anm. d. Autors)

strahl ›ohne Ende‹ herausläßt, ›so endlos, daß die ganze Donau ins Zimmer laufen könnte‹.

Aber ich wußte und ich glaubte etwas anderes: Und zwar, daß meine Neranzula einen Griechen liebte, dort in der ›Uliță Kalimera‹, die von der Stadtverwaltung aufgerissen worden war, und daß sie jeden Nachmittag dorthin lief und daß sie von dort fröhlich, ekstatisch und mit rostrotem Gesicht zurückkehrte.

Was geschah dort unten? Wer war dieser Junge, der mir die Hälfte meiner Freundin wegnahm?

Ein schmerzhafter Stich traf mein Herz. Ich hätte diesen Nebenbuhler umbringen mögen, aber ich verstand weder, mich mit einem anderen zu schlagen, noch einen Stein zu werfen.

Ich sah ihr starr in die Augen.

»Hast du *den anderen* auch so umarmt, wie du mich umarmt hast?«

»Ja, ich habe ihn umarmt, aber *er*, das ist eine Sache, und du, das ist eine *andere*. Du mußt dich nicht ärgern. Komm und sieh ...«

»Was soll ich ansehen? Wen?«

»Epaminonda ... Den *anderen* ... Er ist so tapfer. Er wird dir auch gefallen.«

*

Die Nacht sank langsam auf einen übermäßig von der glühenden Hitze gemarterten Tag herab.

Wir schlossen Leu mit den beiden anderen Hunden ein und lenkten unsere Schritte nach der ›Uliță Kalimera‹. Auf der Straße kitzelte der frische Tau angenehm unsere nackten Füße. Alle Straßenjungen waren draußen. Sie riefen uns an, aber wir kümmerten uns kaum darum. Andere Gefühle hielten uns gefangen.

Sie schien tatsächlich ruhig zu sein. Ihr ungezwungener Gang; die Ruhe dieses jungfräulichen Gesichtes; die Arme kraftvoll wie zwei mächtige Schlangen, diese von den schweren Wassereimern gestählten Arme, die in völliger Ruhe herabhingen, und der ganze von einer undankbaren Mühsal umgeschaffene Körper, all das erschreckte mich und zog mich an. Schwer nur konnte ich meine überschäumende Lust bemeistern, sie zu beißen, sie zum Schreien zu bringen.

Warum hatte sie mir gesagt, daß sie noch *einen anderen* liebte? Diesen ›anderen‹ konnte ich nicht ertragen.

Oh, du Selbstsucht des Fleisches! Soll ich dich verfluchen oder dich segnen? Heute, da ich vom Gipfel des erstiegenen Gebirges alles Gute und Böse des Lebens betrachten kann, frage ich mich, wie das Leben ohne dich auskäme, mörderische Selbstsucht des Fleisches!

Es war fast völlig dunkel geworden, als wir die von den Griechen bewohnte Straße erreichten.

Der Graben, ein nicht enden wollender Einschnitt, lag zu unseren Füßen. Keine einzige Straßenlampe. Ein schwarzer, tiefer Erdriß, der bewehrt war von dem unregelmäßigen Wall aus Lehmschollen; all dies verlor sich rasch in der geheimnisvollen Nacht, die geheimnisvoll war wie der Weg unseres Schicksals. Vereinzelte Petroleumlaternen verbreiteten hie und da ihren trüben Schein wie düstere Vorahnungen, während sich rechts und links einsame Häuschen aneinanderreihten gleich unausweichlichen Fallen.

Von Angst, von einer ganz unsinnigen Angst ergriffen, faßte ich Neranzula bei den Schultern, drückte sie an meine Brust und fragte:

»Was suchst du hier nur?«

Heftig legte sie den Arm um meine Taille und sagte, während sie den Blick zu dem Graben gesenkt hielt, fast lautlos:

»Ich weiß nicht … Es gefällt mir …«

»Fliehen wir!« murmelte ich und preßte sie in meine Arme.

»Fliehen wir, vergiß diesen Ort! Und geh nicht wieder hierher!«

Sie schwieg und rührte sich nicht von der Stelle.

Ich entsinne mich, daß ich die Stimme erhob und ihr prophezeite:

»Du wirst es teuer bezahlen, wenn du nicht rechtzeitig umkehrst: Die Griechen sind gefährlich!«

Sie aber schwieg immer noch, drückte mich an sich und sah auf den Graben, der schwarz geworden war wie Teer.

Auf einmal wurden in der fernen Düsternis Stimmen laut. Ein Haufen von Jungen sang etwas, und je näher wir kamen und je besser Melodie und Wortlaut zu vernehmen waren, desto deutlicher spürte ich, wie der Körper meiner Freundin von Schauern der Erregung erfaßt wurde.

Am Ufer des Meeres, am Strand,
Neranzula fundoti!
Ein Mädchen wusch seinen Rock,
Neranzula fundoti!

Mit einer Heftigkeit, die ich ihr kaum zugetraut hätte, wie ein großer Fisch, den man eben aus dem Wasser gezogen hat, entwand sie sich meinen Armen und begann unverzüglich im Zickzack immer hin und her über den Graben zu springen und sich den Sängern in der Ferne zu nähern. Und jedesmal, wenn sie den verhexten Graben übersprang, wiederholte sie die Worte:

»Neranzula fundoti! ... Neranzula fundoti! ...«

Ich blieb wie gebannt stehen und folgte, solange es möglich war, dem schnellbeweglichen Phantom meiner Neranzula mit dem Blick. Dann lastete ein paar Minuten ein für meine Seele tödliches Schweigen über der Vorstadt, bis ich endlich die geliebte Stimme im Dunkeln aufglänzen hörte.

»Marco! Komm, Marco! Komm!«

Eine Sekunde lang erwog ich zu fliehen, sie niemals wiederzusehen, aber der Ruf des Schicksals ist unerbittlich, und ich fügte mich, als hätten mich zwei liebkosende Hände vorwärtsgestoßen: ›Geh, geh zu der, die dich ruft!‹

Ich ging ... Mechanisch, wie ein Automat.

Ein erster Lampion und zwei Silhouetten, die von Epaminonda und Neranzula, tauchten aus der Dunkelheit auf, dann, etwa zwanzig Schritt weiter weg, andere Lampions und andere Silhouetten: Es war ein Dutzend griechischer Jungen zwischen zehn und fünfzehn Jahren. Keiner von ihnen trug eine Kopfbedeckung, und auch die Beine und Füße waren unbekleidet. Die Lampions, die in ihren Händen schwankten, waren aus großen ausgehöhlten Wassermelonen angefertigt und mit geometrisch geformten Einschnitten versehen: Kreisen, Vierecken, Rhomben, Dreiekken, Rechtecken, Halbmonden, durch die das Licht einer auf dem Boden der Melone befestigten Kerze sickerte. Bei manchen dieser Lampions waren die Löcher mit buntem, transparentem Papier bedeckt.

Als ich näher kam, blieb Epaminonda stehen. Seine Bande tat das gleiche, wobei sie einen Abstand einhielt. Ich begriff, daß ich es mit einem Befehlshaber zu tun hatte. Jeder Grieche wird als Befehlshaber geboren. Er hob seinen Wassermelonenlampion und erleuchtete einen Augenblick lang unsere beiden Gesichter, während Neranzula schweigend in unmittelbarer Nähe stand und die Arme auf dem Rücken verschränkt hielt.

Das knochige, sonnenverbrannte Gesicht von Epaminonda war mir gleich sympathisch. Es mangelte ihm nicht an Aufrichtigkeit. Der Schlingel war ein wenig älter und stärker als ich. Die griechische Arroganz, die ich so sehr verabscheue, war bei ihm keineswegs zu erkennen. Er gab mir die Hand und sagte mit fast schon männlicher Stimme:

»Guten Abend, Marco! Sei willkommen in unserer Mahala. Neranzula (sie wurde schon Neranzula genannt!) versichert, daß du tapfer bist. Ich bin es. Und sie ist es auch. Sehen wir also einmal, wie weit wir kommen mit einem tapferen Mädchen, das von zwei tapferen Burschen geliebt wird, die es ebenfalls liebt! Jetzt aber wollen wir singen und ein bißchen bummeln. Wie es scheint, verstehst du Griechisch?«

Ohne meine Antwort abzuwarten, setzte er sich an die Spitze seiner Straßenjungen – Neranzula ging untergehakt zwischen uns beiden – und kommandierte:

»He! Palikaren! ... Eins, zwei, drei«:

Am Ufer des Meeres, am Strand,
Neranzula fundoti!

Ein Marsch, der vollkommen rhythmisch war und vor Fröhlichkeit überschäumte. Der Boden erbebte unter unseren raschen Schritten. Auch die Herzen erbebten. Mit zurückgeworfenem Kopf beherrschte Epaminonda alle anderen Stimmen, und mir schien es, als sei der Graben, an dessen Krone wir entlangmarschierten, etwas weniger düster geworden.

Neranzula und ich schwiegen; doch weit davon, daß sie gleichgültig gewesen wäre, wie es den Anschein haben konnte, spürte ich, wie ihr Körper vibrierte gleich einer mit den Fingern angerissenen Harfensaite. Ihr Zopf schlug bei jedem ihrer Schritte den Takt, während ihre linke Hand meinen Arm wie mit einer Zange zusammenpreßte.

Ich fühlte mich gar nicht übel. Ich glaubte mich sogar imstande, den Kampf mit diesem Epaminonda siegreich zu bestehen, ihm, der gut sang und uns noch besser marschieren ließ. Und da, als ich mich eben fragte, wie dieser Abend wohl enden werde, entwischte die umstrittene Freundin plötzlich aus unseren Armen, nahm ihre Zickzacksprünge über den Graben wieder auf und verschwand mit ihrem Kehrreim *Neranzula fundoti! Neranzula fundoti!* in der Nacht.

Hier und da wurde ihr Schatten für einen Augenblick sichtbar, wenn sie an einer Laterne vorbeikam, doch schließlich war sie nicht mehr zu erkennen.

Ich war höchst erstaunt. Mit einem Händedruck sagte Epaminonda zu mir:

»Gute Nacht, Marco … Heute abend wird sie nicht zurückkommen. Sie ist eine Verrückte.«

Traurig und allein kehrte ich zurück. Doch als ich am Zaun angekommen war, trieb mich ein unwiderstehliches Verlangen, zu ihr zu gehen.

Die Tür zu ihrer Kammer hinten im Hof stand weit offen. Der Mond überflutete das schlafende Gesicht Neranzulas mit seinem Licht, Leu ruhte in ihren Armen, die beiden anderen Hunde zu ihren Füßen, die Kleidungsstücke lagen unordentlich hingeworfen, die Eimer und das Tragholz waren in einem Winkel abgestellt.

Ich schlich auf den Zehenspitzen zum Bett und drückte meine Lippen sanft auf die Stirn meiner unbegreiflichen Freundin.

Sie erwachte nicht. Aber ich konnte in dieser Nacht kein Auge schließen.

*

Die Kindheit, vor allem jedoch der Beginn der Jugendzeit sind Lebensabschnitte, die niemand versteht. Umsonst hat man sie selbst erlebt, die Eltern, die Eheleute begreifen sie ebensowenig wie die Junggesellen, doch es ist gut, daß es so ist, sonst wäre das Leben entsetzlich eintönig. Kindheit, Jugend, Reifezeit und Alter sind vier verschiedene Leben, vier verschiedene Arten der Existenz; die eine in die Gußform der anderen schütten hieße sie alle zugleich vernichten.

Heute weiß ich, daß der Lebensstrom, der nach dem uns entsprechenden Temperament in unseren Adern dahinbraust, von dem Augenblick an, da wir zu atmen beginnen, sein Daseinsrecht fordert und daß ihm all das völlig fremd ist, was wir Logik, gesunden Menschenverstand, Vernunft nennen. Die Vernunft gehört unserem Schöpfer. Wir haben nur die Wahl, uns zu unterwerfen oder uns nicht zu unterwerfen, das ist alles. Und das ist das Schicksal. *Es steht uns auf der Stirn geschrieben*, sagt der Orientale.

*

Es stand auf der Stirn Neranzulas, auf der Stirn Epaminondas und auf meiner, daß wir uns in der Gewalt verstehen und daß wir uns in der Liebe gegenseitig zugrunde richten sollten.

Mein armer Verstand hatte mir in dieser schlaflosen Nacht geraten, die Verbindung mit den Griechen, ihrem Befehlshaber, ihren Liedern und ihrem finsteren Graben abzubrechen. Ich hatte mich entschlossen, keinen Fuß mehr in die ›Uliță Kalimera‹ zu setzen, aber Epaminonda selbst kam am nächsten Morgen zu mir, um mit mir über eine verlockende Heldentat zu sprechen:

»Du kennst doch den Miu«, sagte er mit ernster Stimme. »Nun, Neranzula flüstert mir andauernd zu, daß Miu der Stärkste ist beim Drachensteigenlassen. Niemand kann sich mit ihm messen. Das gefällt mir nicht. Und dir?«

Ich wurde rot vor Wut, als ich erfuhr, daß

Neranzula jemand anders als mich auf diesem Gebiet bewunderte. Ich besaß Drachen von jeder Größe, und der allergrößte von ihnen, der aus mit Leinwand verstärktem Papier bestand, überragte mich um fünf Spannen! Keiner verstand es so gut wie ich, robuste und vollkommen gleichgewichtige Drachen anzufertigen. Und keiner konnte es mir beim Verwickeln gleichtun.*

Epaminonda, der von den Verheerungen gehört hatte, die meine Drachen anrichteten, drängte mich, dem einzigen meiner würdigen Gegner, Miu, gegenüberzutreten. Tat er das, weil er mit meiner Niederlage rechnete, um mich in den Augen unserer Freundin zu demütigen? Ich wollte es wissen:

»Neranzula hat mir niemals gesagt, daß sie Miu für stärker hält als mich.«

»Sie wird es dir sagen, wenn du sie fragst.«

Wir standen vor meiner Tür, Neranzula erledigte die letzten Gänge des Vormittags. Sie kam und ging mit großer Eile an uns vorbei; ihre Wangen glühten, eine Sonne

* Ein Zweikampf, der häufig in blutige Schlägereien ausartet; er besteht darin, daß man die Drachen in großen Höhen, mitunter bis zu 200 Metern, miteinander verwickelt. Der Sieg gehört dem, der die geschicktesten Armbewegungen macht und seinem Gegner die größte Menge an Leine entreißt – und gleichzeitig auch den Drachen. (Anm.d.Autors)

stand über ihrem Kopf, und zwei andere zitterten in ihren mit kristallklarem Wasser gefüllten Gefäßen. Der kurze Blick, den sie uns jedesmal beim Vorübergehen zuwarf, besagte deutlich: *Gleich bin ich soweit.*

»Wir werden sie brauchen, wenn wir uns mit Miu ans Verwickeln machen«, sagte Epaminonda zu mir.

»Du willst mir also helfen?«

»Natürlich! Auch Miu läßt sich helfen, und sogar von erwachsenen Männern, seinen Brüdern, die ihm zur Hand gehen und ›ziehen‹.«

»Und wozu brauchen wir Neranzula dabei? Sie ist ein Mädchen.«

»Ja, aber ein Mädchen, das ohne weiteres mehreren Jungen von unserer Sorte das Gesicht blutig schlagen kann. Um das zu erreichen, braucht sie ihre Schürze nur mit Kieselsteinen zu füllen und sie zu werfen. Auf hundert Meter Entfernung kann niemand aus der ganzen Stadt sie mit dem Stein treffen, aber Neranzula verfehlt mit der linken Hand nur einen Wurf von zehn. Das wissen alle, und deshalb lassen sie einen leeren Raum um sie. Sie ist eine Verrückte.«

Von den Werkstätten der Docks heulte die Sirene zum Mittag, als Neranzula herangebraust kam, jedem von uns einen Schlag auf den Rücken gab und zunächst rannte, um nach ihren Hunden zu sehen. Sie hatte ein Paket unter dem Arm:

»Das ist vom Schlächter, und dann habe ich Brot und Wein. Wir werden im Freien essen, draußen vor der Stadt. Heute nachmittag brauche ich kein Wasser zu holen! ...«

Epaminonda folgte ihr mit unruhigem Blick und schüttelte den Kopf:

»Ich sage dir, mein Lieber: Sie ist übergeschnappt! Siehst du? Sie gibt ihr sauer verdientes Geld aus. Und dabei weiß sie, daß ich Geld habe und es umsonst kriege, weil ich es meinem Vater stehle, wenn er beim Spiel gewinnt und stockbesoffen nach Hause kommt.«

»Das ist deine Sache«, sagte ich, »aber es gefällt mir nicht, daß du sie andauernd ›verrückt‹, ›übergeschnappt‹ und so weiter nennst. Sie ist ein tapferes, unglückliches Mädchen, das mir sehr gefällt.«

»Ach, sie gefällt dir! Und mir?«

Er sah mich mit verlegenem Gesicht an, dann bückte er sich und kratzte sich an den schorfbedeckten Knien.

Ich lief zur Scheune und kehrte mit meinem größten Drachen zurück, denn ich spürte, daß ein günstiger Wind aufkam. In diesem Augenblick trat Neranzula zu uns; sie war sorgfältig gekleidet und gekämmt, so schön, wie ich sie niemals gesehen hatte, und duftete stark nach Veilchenparfüm. Sie stampfte wie ein Stutenfüllen, doch sie blieb ernst und zurückhaltend.

Ich Armer! Als ich sie so hinreißend schön sah, hätte ich ihretwegen nicht nur Epaminonda, sondern sogar meine Eltern umbringen können. Ich glaube, mein Nebenbuhler empfand ebenso, denn er verschlang sie wie ich mit den Blicken.

»Wohin willst du denn mit dem Ungetüm, Marco?« fragte sie mich voller Bewunderung.

Da schwoll mir das Herz in der Brust und ich rief:

»Ich will mich mit Miu beim ›Verwikkeln‹ messen ...«

»Mit Miu! ... Ist das wahr? Würdest du das wagen?«

»Ja, deinetwegen ... Epaminonda sagt, du hältst Miu für stärker als mich ...«

»Ich halte ihn für stärker, aber nimm du Miu den Drachen weg, und ...«

»Und – was ...?« rief der andere erregt.

»Das ist meine Sache!« schnitt ihm Neranzula das Wort ab. Wir machten uns auf den Weg nach Mius Viertel, vor dem sich eine weite Brachfläche erstreckte. Unterwegs lief Epaminonda bei den Jungen vorbei, um ihnen zu sagen, daß sie uns nach dem Mittagessen folgen sollten.

Ich benutzte seine kurze Abwesenheit,

um der Freundin die Hand zu drücken und zu sagen:

»Liebe nur mich, Neranzula! Gehöre mir allein!«

Sie liebkoste mich mit ihrer sanften Hand und antwortete:

»Du darfst nicht eifersüchtig sein, Marco ... Das ist dumm! ...Versuche Miu zu schlagen, und ich werde dich sehr, sehr fest umarmen.«

Warum es notwendig war, ›zunächst‹ Miu zu schlagen, bevor Neranzula mich umarmte, das vermochte ich nicht zu begreifen.

Miu und seine beiden älteren Brüder waren für ihre Skrupellosigkeit berüchtigt. In ihr Viertel zu kommen und ihnen den Drachen im Kampf zu entreißen, wenn auch in aller Fairneß, hieß ins offene Messer zu rennen. Und dennoch! Die ›feste‹ Umarmung, die Neranzula mir versprochen hatte, wenn ich siegte, war das Wagnis wert. Da wir aber zu zweit kämpfen würden und unsere großartige Freundin wußte, was uns erwartete, hielt sie es für angemessen, uns bei der Mahlzeit im Gras beiden einen Vorschuß zu zahlen. So legte sie uns von hinten den Arm um den Hals und küßte jeden auf eine Schläfe, ohne sich dabei etwas zu denken, denn sie war angeheitert vom zu schnell getrunkenen Wein. Und selbstverständlich hielt jeder von uns beiden den Kuß, den der andere bekommen hatte, für überflüssig und schmollte. Sie merkte es und sagte:

»Ihr müßt euch nicht ärgern! Das ist dumm …«

In Epaminondas Augen las ich:

›Und du glaubst wirklich nicht, daß sie übergeschnappt ist?‹

Neranzula ließ uns glauben, was wir wollten, nahm meinen Drachen und schickte sich an, ihn steigen zu lassen. Ich ließ sie es tun, auf die Gefahr hin, daß sie ihn mir kaputtmachte.

Sie machte ihn nicht kaputt. Sofort gewann der Drachen an Höhe und schwenkte seinen zwanzig Meter langen ›Schwanz‹ durch die Wolken. Alle Leute, die nichts zu tun hatten, traten vor die Haustüren. Sie zeigten sich erregt von dieser glänzenden Herausforderung auf Mius höchsteigenem Terrain und verwundert von der Kraft meines ›Brummers‹.*

Ich übernahm das Kommando. Es ›zog‹ prächtig! Er hatte überhaupt keinen ›Bauch‹! Es bestand keine Gefahr, daß er sich überschlug, also hatte er ›Schwanz‹ ge-

* eine Vorrichtung aus Papier, die vom Wind in geräuschvolle Vibration versetzt wird. (Anm. d. Autors)

nug. Er ›biß‹ gerade soviel wie nötig. Er ließ sich leicht ›nach links und nach rechts‹ lenken. Ausgezeichnet!

»Hallo, Miu! Schläfst du?«

Und da kommt Miu schon mit seiner ›Nachtigall‹ heraus! Er wirft einen Blick zum Himmel und scheint nicht sehr begeistert zu sein. Ein Junge will ›halten‹.

»Laß los!« ruft ihm Miu zu.

Der Kleine läßt los, Miu zieht mit seinen Giraffentatzen, aber sein Drachen bekommt keinen Wind und fällt ›wie ein Kuhfladen‹ zu Boden.

»Da bist du angeschissen, Miu!« schreit ihm ein ›verheirateter Mann‹ in Hemdsärmeln von seiner Tür aus zu.

Mein ›Brummer‹ heult und reißt das ganze Stadtviertel aus dem Mittagsschlaf. Den Frauen tut der Nacken weh, weil sie so hoch zum Himmel hinauf sehen: Genau über ihrem Kopf steht mein Drachen still wie die Sonne.

»Das ist Marco!« schreien die Jungen, »der Marco aus der Judenstraße!«

»Gleich kriegt er was zu sehen!« gibt Miu zurück, dem es beim dritten Versuch endlich gelingt, sein ›geflicktes Dingsbums‹ in die Luft zu bringen.

Und sofort kehrt er in seinen Hof zurück und schließt die Tür hinter sich. Von dort werden sie zu dritt ziehen.

»Hol auch noch deine Großmutter!« ruft ihm Epaminonda zu.

Und jetzt ans Werk!

*

Ach! ... Kindheit, Kindheit! ... Die Geschichte von dem Drachen ist wie alle, die ihr folgen sollen, nichts als ein Mittel, mich zu berauschen, indem ich dich anrufe, Kindheit! Ich fühle das Bedürfnis, dich aufleben zu lassen, o meine Kindheit, denn schon nähert sich der Tod, und gestern, eben gestern noch war ich ein Kind!

Warum erstreckt sich die Kindheit nicht bis zu den Grenzen des Menschenlebens? Warum wird man auf einmal so sorgenvoll, kleinlich in allem und jedem und vor allem vernünftig? Was nützt uns die Klugheit? Was bringt uns der Geiz denn ein, den wir stets zeigen, wenn wir uns verausgaben sollen? Beim harmlosesten Kratzer stehen uns die Haare zu Berge ... Eine Unanständigkeit kränkt uns. Ein bißchen Zorn vergiftet uns das Blut bis zum nächsten Zornesausbruch ... Ein unbefriedigtes Verlangen zerwühlt unsere Stirnen vor Groll ... Und vor allem andern diese Besessenheit, Dinge anzuhäufen, damit man tausend Jahre lang in Hülle und Fülle leben kann!

Neranzula! ... Kleine mädchenhafte Frau mit dem vom undankbaren Tagewerk gestählten Körper! Unverständliche Freundin! ... Tau meines Lebens, der du mich jeden Morgen mit deinen Eimern quecksilberglänzenden Wassers erwartet hast, an dich denke ich, wenn ich das lieblichste Wort der menschlichen Sprache ausspreche: *Kindheit*!

Wie wenig ahntest du von den Gefahren, die durch unsere waghalsigen Vergnügungen heraufbeschworen wurden! Wie wenig ahnte Epaminonda, dieser große Dummkopf, davon! Und wie wenig ich selbst!

Du versprachst mir einen glühenden Kuß, bevor du die Macht eines Kusses kennengelernt hattest, und zum Preis für mein Begehren verlangtest du von mir, Miu zu demütigen, einen Taugenichts, der uns dreien sein Messer in die Brust stoßen konnte.

Du hast zwei Liebende zur gleichen Zeit liebkost, Neranzula, aber sie begnügten sich damit zu schmollen, anstatt die Stadt in Brand zu setzen. Was uns betrifft, so ahnten wir in dir vage die Frau, Morgenröte einer noch unbekannten Sonne, die zu glühen schien.

Wir waren Kinder, *o meine kleine bittere Orange, mein kleiner dichtbelaubter Orangenbaum.*

*

Und nun ans *Verwickeln.* In die Schlacht.

Zunächst bestand eine für mich eindeutig vorteilhafte Ungleichheit der Drachen: Mius Leine machte ›Bauch‹, dann war der ›Mund zu weit oben‹, der ›Schwanz zu kurz‹, der Drachen war ›widerspenstig beim Manövrieren‹ und es bestand ›Gefahr des Überschlagens‹. Ich konnte auf einen idealen Flug verweisen: zweihundertzwanzig Meter Leine, zum Zerreißen gespannt – eine schräge Linie vom Himmel bis zu meinen Fäusten – völliger Stillstand des Drachens, der jedem Befehl gehorchte, und ein Zug, der mich in die Lüfte erhoben hätte, wäre ich zehn Kilo leichter gewesen. Ich war so von Stolz geschwellt, daß ich darauf gefaßt war, jeden Moment von diesem Gewicht befreit und in die Wolken entführt zu werden.

Es war Sonntagnachmittag. Vor den Türen sah man ganze Trauben von Menschen mit offenen Mündern. Und so mancher von diesen Mündern schrie:

»Bravo, Marco!«

»Du hast deinen Meister gefunden, Miu!«

Neranzula berauschte sich an dem Anblick, und vor Aufregung machte sie sich bestimmt in die Hosen.

Epaminonda, er, dirigierte und kommandierte selbstverständlich, aufgeblasen wie ein Truthahn, tapfer wie ein General.

Durch häufiges Hin- und Herrennen zwischen Mius Hoftür und mir überwachte er die ehrlosen Manöver unserer Gegner und hielt mich auf dem laufenden:

»Ganz bestimmt werden sie zu dritt ziehen! Ein kleiner Junge steht bereit, um auf das Nachbardach zu klettern und uns genau im richtigen Moment die Leine zu kappen. Paß auf!«

Dann wandte er sich ernst der eigenen Bande von Straßenjungen zu und rief:

»He! Du, Mavridis, und du, Gerassimos! Hierher! Paßt auf, daß unsere Hosen nicht runterrutschen, wenn es brenzlig wird: Haltet sie am Riemen fest!«

Die Sonne sengte unbarmherzig, und zwischen ihm und Neranzula stehend, fühlte ich, wie mein Herz dahinschmolz. Schließlich stieß ich das Kriegsgeheul aus:

»Miu! Jetzt nur wir zwei, einverstanden?«

»Ja, den Arsch deiner Mutter!«

Ein durchdringender Schrei zerriß wie ein Wiehern die Luft, und ich hörte Neranzula antworten:

»Lumpenkerl!«

Im gleichen Augenblick rannte sie mit unserem Trupp Straßenjungen davon. Und während ich zum Manöver der ›Annäherung‹ überging, sah ich, wie sie, von unseren Burschen unterstützt, mit den Armen über den Boden fuhr und sämtliche erreichbaren Kieselsteine auflas, Taschen und Schürze damit füllte und Reservehaufen anlegte, die über den Weg verteilt waren, der uns den Rückzug erlauben sollte. Gott allein wußte, unter welchen Bedingungen wir ihn antreten würden.

Dank einer Ungeschicklichkeit Mius, der in eine von mir vorbereitete Falle ging, war der Kampf nur von kurzer Dauer: Ich stellte mich im rechten Winkel zu seiner Leine auf, der Position, bei der man am ehesten vom Gegner vernichtet werden kann. Im Vertrauen auf das Gewicht seines Drachens, der größer und also schwerer war als meiner, rechnete Miu damit, daß sich meiner überschlagen würde, und begann wie wahnsinnig zu ziehen. Der Schurke hatte vergessen, daß ich keinen ›Bauch‹ machte: Ich konnte meine Leine spannen und sie hart wie Stahl machen.

Er zog, ich ließ nach. Er zog stark und machte mir einen ›Buckel‹. Ich ließ immer noch nach, doch als ich sah, daß Miu ›an der Spitze‹ ankam, machte ich ›die Gabel‹.

»Los, ziehen, Epaminonda! Ziehen, verflucht noch mal, bevor er abhaut!«

Er bemerkte unseren Schachzug und wollte ›abhauen‹, aber es war zu spät, denn schon hatte ich ihn ›an der Gurgel‹ gepackt.

Die Leute heulten:

»Zu spät, Miu! Er hat dich an der Gurgel!«

»Du überschlägst dich! Deine ›Nachtigall‹ wird seinen Schwanz küssen!«

Tatsächlich verlor sein Drachen, den ich fest mit der ›Gabel‹ gepackt hatte, das Gleichgewicht, verhedderte sich in seinem eigenen Schwanz und begann Purzelbäume zu vollführen, wie ein Lumpen, der in der Luft herumgewirbelt wird.

Jetzt ging es nur noch darum zu ziehen. Ein Wiederaufrichten seines Drachens war nicht mehr zu befürchten.

Wir waren mit den Drachen eben genau über dem Nachbarhaus, als ein Junge – so ein Schandbube! – auf dem Ziegeldach auftauchte und mit einem Messer in der Hand bereitstand, um im Moment des Herunterholens meine Leine zu kappen.

Doch nicht umsonst hatten wir eine Freundin namens Neranzula: Mit einem einzigen Stein traf sie den Burschen am Kopf und ließ ihn vom Dach herunterpurzeln.

»Ziehen, Epaminonda!«

»Ziehen, Marco!«

»Zielen, Neranzula!«

So ziehen und zielen wir, während die

Menge mit uns heult und die Jungen uns mühsam die Hosen festhalten, die uns immer wieder runterrutschen!

Bums! ... Ein schreckliches Getöse! Die beiden Drachen, wie Türen groß, fallen auf das schöne neue Ziegeldach, schleifen den ganzen gebrannten Ton, den sie auf ihrem Weg treffen, mit. Mius Leine gibt unserem Ziehen nach und zerreißt etwa dreißig Meter über dem Erdboden. Die unförmige Masse der Drachen, Leinen und Schwänze strandet in unseren Armen.

»Jetzt nichts wie weg!«

»Paßt auf«, rief irgend jemand. »Sie kommen mit dem Messer in der Hand hinter euch her!«

»Miu! Miu!« heulte eine Frau, »du wirst doch kein Verbrechen begehen wegen solcher Kindereien!«

Ein rascher Blick rückwärts, und wir begriffen den Ernst der Lage.

Behindert von unserer Beute, waren Epaminonda und ich wehrlos. Da sah ich, wie Neranzula ganz allein den drei miesen Schuften die Stirn bot, die sich mit blutunterlaufenen Augen auf uns stürzten.

Ein Hagel von Kieselsteinen erhob sich aus ihrer linken Hand und bombardierte die Verfolger. Da sie von unseren Burschen mit Munition versorgt wurde, hatte sie es mit der Schnelligkeit ihrer Würfe und ihrer teuflischen Treffsicherheit in einer knappen Minute geschafft, daß die drei Feinde Löcher im Kopf hatten! Doch blutüberströmt, wie sie waren, versteiften sie sich darauf, eine Lücke in dem Steinhagel zu finden und mit uns ins Handgemenge zu geraten, was für uns ein Unglück bedeutet hätte, da sie schon fast erwachsen waren.

Dies verhinderte unsere furchtbare Freundin auf heldenhafte Weise, indem sie sich Schritt für Schritt mit unglaublicher Kaltblütigkeit zurückzog, bis die drei wilden Burschen, braun und blau geschlagen und schwer verletzt von dem Bombardement, an einem Brunnen stehenblieben und sich die Wunden auswuschen.

Da machten wir uns, so schnell wir konnten, aus dem Staube und erreichten die ›Uliță Kalimera‹, wo uns ein triumphaler Empfang bereitet wurde.

»Hurra! Bravo, Neranzula! Bravo, Marco! Bravo, Epaminonda!«

Als wir einzogen – mit dem Drachen, der von Epaminonda getragenen Trophäe, mit Neranzula in unserer Mitte und mit der Kriegertruppe der Knirpse auf unseren Fersen, geschah es mit dem Lied:

Am Ufer des Meeres, am Strand …
Neranzula fundoti! …

Ja, *Neranzula fundoti!* Aber da kommt der Besitzer des ruinierten Daches mit einem zerbrochenen Ziegel in der Hand, und mein Vater begleitet ihn. Auch Epaminondas Vater wird gerufen, um aus dem Mund des Klägers die Heldentaten seines Sohnes zu hören. Alle drei reden zur gleichen Zeit, heulen, schäumen vor Wut und sind drauf und dran, einander beim Kragen zu packen. Schließlich wird der Mann, so gut es eben geht, entschädigt. Wir werden angebrüllt wie lahme Esel und können am Abend unsere griechisch-römische Trunkenheit wieder aufnehmen mit dem Aufmarsch, den Liedern, den Wassermelonenlampions und der leichtsinnigen Neranzula, die rasend vor Begeisterung über ihren Graben springt, stürmische Küsse an die beiden Geliebten ihres Herzens verteilt und alle beide so tief verletzt, daß sie von diesem Abend des Triumphes an Todfeinde sind.

Aber Neranzula sieht und merkt nichts. Gelockt von den Rufen ihres Schicksals, verläßt sie die beiden Widersacher, setzt ihre Zickzacksprünge fort und dringt in das Dunkel ein mit ihrem Refrain:

Neranzula fundoti!
Neranzula fundoti!

Mit dem Drachen auf dem Rücken verließ ich wieder einmal traurig und einsam diesen Ort des Unglücks, während mir Epaminonda, der mit einer Zigarette im Mund vor seiner Tür stand, nachrief:

»Das ist nur der Anfang, Marco! Auf bald, dann wird es noch schöner! Und dann sind es keine Papierdrachen mehr!«

Kindheit! … Süße, herzzerreißende Kindheit! …

*

Es ist selbstverständlich, daß wir als Kinder der großen Donau alle schwammen wie die Fische. Auch das ist eine schöne Geschichte, reich an zarten Erinnerungen, an Licht, Raum und grausamer Bitternis.

He! Überschäumendes Leben! Frühlingshafte Donau unserer Herzen!

Alle konnten wir schwimmen. Aber schwimmen ist zuwenig gesagt. Welcher schmächtige Bursche aus Brăila hat nicht einmal versucht, den Fluß zwischen Catagăţ und Ghecet zu durchschwimmen? Und dabei war diese Überquerung nicht eben ein Kinderspiel!

Den Fluß zu durchschwimmen – indem man die fünf bekannten Schwimmarten anwandte: die des Hundes, die des Frosches, das Rückenschwimmen, die der ›Tapferen‹ und das Wassertreten –, mit dem Fuß den Schlamm des anderen Ufers zu berühren und sich sofort auf den Rückweg zu machen, das schaffte nicht jeder x-beliebige! Das wurde von allen beneidet, und ganz besonders von den kleinen Jungen! Und deshalb umschlangen jeden Sommer die ausgebreiteten, unerbittlichen Arme der großen Donau mit Vorliebe die kleinen Leiber jener, die sich ihr leidenschaftlich anvertrauten, die Körper dieser armen kleinen Burschen!

Es gab kleine Knirpse von jeder Sorte: Magere, Mollige, Blonde, Braune, Schwarzbraune. Und sie hatten große Augen und lange Wimpern, Lider, die nie wieder aufgeschlagen werden sollten vor der Sonne, dem Licht, der bösen Donau und den schönen Liebchen, die sie zitternd an einer vom gleichgültigen Schicksal auserwählten Wegkreuzung erwarteten.

Diese Körper, die mit Polenta und brennenden Begierden genährt waren, zog man aus dem Fluß, und manchmal waren sie noch ganz warm, manchmal aber schon blau und von Krebsen zerfetzt.

Eine Mutter mit vom Schmerz verwüsteten Gesichtszügen, eine von ihrem ständig betrunkenen Ehemann zugrunde gerichtete Schwester fanden sich stets am Ufer ein, um mit ihren Umarmungen den kleinen Leichnam dessen zu wärmen, welcher der Donau den letzten Liebesbeweis gegeben hatte.

Zur großen Freude der Freunde und selbst der schlimmsten Feinde geschah es mitunter, daß ein Bursche mit dem Schrecken davonkam. Man packte ihn, wenn er zum drittenmal an die Oberfläche kam, bei den Haaren und brachte ihn wie ein Paket unter dem Arm ans Ufer. Dort ergriff ihn ein starker Kerl bei den Knöcheln und drehte ihn so lange rasch auf der Stelle, bis das geschluckte Wasser vollständig aus Mund und Nase hervorsprudelte. Wenn der Betreffende dann ins Leben zurückgekehrt war, fragte er immer:

»Wo bin ich? Was ist passiert?«

»Fast hättest du die Donau durchschwommen!« sagte man ihm dann stets.

Ja, wir schwammen alle. Wir verbrachten einen Teil unseres Lebens im Wasser, die Männer und Jungen auf der einen Seite, die Frauen und Mädchen einige hundert Schritt von uns entfernt. Einzig und allein Neranzula hatte den Mut, sich unter die Jungen zu mischen und mit ihnen zu schwimmen. Sie liebte weder die Frauen noch die Mädchen.

Und eines Tages, zu Beginn eines schönen Septembers, nach mancherlei Versuchen, mich mit Epaminonda zu versöhnen, suchte sie mich im Schatten einer Weide auf und sagte:

»Wenn dich Epaminonda zu einer Überquerung ›hin und zurück‹ herausfordert, dann nimm nicht an. Er kann es schaffen, aber du wirst dabei untergehen. Und das ist es, was er im Sinn hat.«

Ich antwortete nicht, denn im Grunde genommen hätte ich ihr gern bewiesen, daß ich bereit war, für sie zu sterben.

Hatte sie es begriffen? Ich vermag es nicht zu sagen. Auf jeden Fall war ihre Zuneigung zu mir offensichtlich; und es mußte wohl ein hinterhältiger Plan im Kopf des anderen reifen, wenn sie kam und mich so offen warnte.

Epaminonda sah uns miteinander reden und kam, um mich aus der Ungewißheit zu befreien. Er ging geradewegs auf mich zu, blaß und von Leid verwüstet:

»Du weißt, Marco: Einer von uns beiden ist überflüssig an der Seite Neranzulas. Willst du, daß wir der Donau das Recht zuerkennen, die Wahl zu treffen?«

»Auf der Stelle, Epaminonda. Ich bin ganz deiner Meinung.«

Neranzula senkte den Kopf und biß sich auf die schönen Lippen, die ich sicher niemals ›nach Art der Erwachsenen‹ küssen würde.

»Ich begleite euch!« sagte sie und sah uns böse an.

Das war ein Befehl. Wir billigten ihn schweigend. Schnell schlang ich ihr den Arm um den Hals und gab ihr diesen Kuß ›nach Art der Erwachsenen‹. Ich nahm sein unauslöschliches Brennen mit und verschwand mit einem Kopfsprung im Wasser.

*

Ich war sicher, daß ich auf dem Rückweg ertrinken würde. So war ich zunächst ruhig. Man ist immer ruhig, wenn man noch eine schwache Hoffnung hat, am Leben zu bleiben.

Nie habe ich erfahren, was nach meinem Verschwinden in den Fluten zwischen ihr und ihm vorgefallen war. Als ich wieder an die Wasseroberfläche kam, sah ich, wie Epaminonda ein paar Meter hinter mir schwamm, doch sah ich im gleichen Augenblick noch etwas anderes: Ich bemerkte Neranzula, als sie gerade aus den Händen eines Jungen eine der Schweinsblasen nahm, mit denen man Schwimmen lernt. Rasch hatte sie die Luft herausgelassen und die Blase unter ihrem Badeanzug verborgen. Kurz danach glitten wir harmonisch auf dem glitzernden Spiegel des Stromes dahin.

Man hätte glauben können, es handele

sich um drei gute Kameraden, die sich auf einer Vergnügungspartie befanden. Und trotzdem ging es um Leben und Tod. Wenn ich daran denke, kann ich mich nicht des Lachens erwehren.

Und es gab auch Anlaß dazu.

Epaminonda, der überzeugt war, daß ich untergehen würde, war todernst wie ein Henker. Später erfuhr ich, sein Entsetzen habe daher gerührt, daß er die Schrecken der Hölle fürchtete: Er wollte mich ja umbringen, und im Himmel bezahlt man dieses Verbrechen mit dem Höllenfeuer. Daher schwamm Epaminonda, auf tragische Weise hin- und hergerissen von seinem Wunsch, mich beiseite zu schaffen, und seiner Sorge um einen angemessenen Platz im Paradies, gleichsam in siedendem Wasser. Er wälzte sich herum wie eine Tonne, änderte ständig die Schwimmart, sah verzweifelt zum Himmelsgewölbe empor und spuckte Feuer und Flammen. Ich begriff nichts davon.

Und auch nichts von dem, was mit Neranzula geschah. Sie kam mit ihren athletischen Armen und Beinen, auf dem Rücken schwimmend, schneller voran als wir, die wir uns mit großen Schwimmstößen bewegten. Aber auf einmal verharrte sie ohne Bewegung und ließ sich von Epaminonda überholen, dann, als ich mich näherte, schnitt sie mir alle möglichen Grimassen und zeigte mir verstohlen die leere Schweinsblase.

Ich glaubte, daß sie mich mit den Grimassen, die mir Mut einflößen sollten, tadelte, daß ich die Herausforderung angenommen hatte und daß ich mich auf diese Weise der Lebensgefahr ausgesetzt hatte. Ich hatte den Eindruck, daß sie mir sagen wollte: *Wenn du untergehst, um so schlimmer für dich; ich habe es dir ja gesagt!* Und ich antwortete ihr mit einer anderen Gebärde, die sie in Erstaunen versetzte: *Nun gut! Ich werde sterben, du Böse, und du wirst bei dem anderen sein!*

Was die luftentleerte Blase anging, so konnte ich mir wahrhaftig nicht vorstellen, welche Bewandtnis es damit hatte.

Inzwischen waren wir seitlich vor Ghecet angelangt, wir berührten mit dem Fuß die Erde der Dobrudscha und machten uns unverzüglich auf den Rückweg, wobei wir immer schräg mit der Strömung schwammen.

Jetzt war es schon etwas anderes, denn da ich fast völlig erschöpft war, zeigte mir der Tod sein entsetzliches Antlitz aus unmittelbarer Nähe. Und wie traurig, wie herzzerreißend ist es, sterben zu müssen, wenn man liebt!

Trotz des vielen Donauwassers fühlte ich auf meinen Lippen immer noch das Brennen des Neranzula abgenommenen Kusses, dieses Kusses, den sie mir so bereitwillig gewährt hatte. O nein! Jetzt wollte ich nicht mehr sterben! Ich wollte noch mehr von diesen Küssen! Doch wie sich das Ufer von Catagăț zu entfernen schien! Meine verschleierten Augen konnten es kaum erkennen.

Blei in den Beinen und Blei in den Armen. Mein Körper wehrt sich sogar dagegen, zur Erholung auf dem Rücken zu schwimmen. Schon kann ich nicht mehr den Unterschied zwischen den Strömungen wahrnehmen, die wir durchqueren. Und mein Herz schlägt stärker und stärker. Und die Ohren dröhnen mir. Und das Ufer von Catagăț entfernt sich immer weiter. Ach, Epaminonda! Du wirst meine Neranzula heiraten. Ich wußte es ja! Doch wo ist meine Freundin, damit ich sie ein letztes Mal sehen kann?

Das blaue Gewölbe über mir kreist, schwankt, man möchte meinen, die Donau steige zum Himmel auf. Wie durch einen feinen Schleier sehe ich Epaminonda, der sich davonmacht, und sein halber Körper erhebt sich aus dem Wasser.

Und auf einmal spüre ich, wie mich Neranzula fest in ihre Arme nimmt, und dann – was ist denn das? Die Schweinsblase, sie ist aufgeblasen, eine große, gut aufgeblasene Schweinsblase gleitet unter meinen Leib!

Ah! Wie erholsam das ist! Welch ein Glück! Ja, ich bin gerettet, sie hat mich gerettet. Jetzt verstehe ich, was ihre Grimassen und die Schweinsblase bedeuten sollten. Aber wie hat sie es angestellt, sie im Wasser aufzublasen? Und warum schwimmt Epaminonda so schnell davon?

»Wenn du den Boden berührst, zerdrückst du sie im Wasser, damit er nicht merkt, daß wir gemogelt haben!«

Nach diesen Worten beginnt auch Neranzula rasch fortzuschwimmen. Genau in diesem Augenblick hören wir, wie Epaminonda einem entgegenkommenden Boot zuruft:

»He! *Barcagiu!* Bootsmann! ... Dort ist ein Kamerad am Ertrinken! Schnell! Rette ihn!«

Wie ein drolliger Delphin, der sich angesichts der Fahrgastschiffe, die in eine Meeresbucht einlaufen, mit kindischem Umherspringen vergnügt, begann Neranzula zu jubeln angesichts ihres Triumphes über den Tod, als sie diese von Epaminonda ausgestoßenen Rufe der Verzweiflung vernahm.

Sie ›trat‹ Wasser und klatschte dabei in die Hände, bäumte sich auf, indem sie den

Sprung eines großen Fisches nachahmte, machte Purzelbäume, tauchte unter bis zum Ersticken, schrie und pfiff wie eine Sirene.

Ausgeruht und ganz von Freude erfüllt, zerquetschte ich die Blase, ich stürzte mich ans Ufer, und als ich es erreicht hatte, machte ich dem *barcagiu*, der mir zu Hilfe eilte, eine lange Nase.

Da verstand Epaminonda wirklich überhaupt nichts mehr. Und wir trennten uns zum wiederholten Mal als Rivalen; die boshafte Freundin versetzte uns allerdings alle beide und rannte zu ihren Kleidern, wobei sie hüpfte und ihren Refrain sang:

Neranzula fundoti!
Neranzula fundoti!

*

Die erste Septemberwoche ist die Woche der späten Brombeeren, und jedes beherzte Kind von Brăila begibt sich auf der Suche danach in die unermeßlichen Sümpfe des Deltas, weit, weit fort in Richtung Corotișca, wo die großzügige Donau das Zepter führt. Es ist schwer, die Beeren zu pflücken, denn der Schöpfer hat das Glück der furchtsamen Bewohner des Sumpfdickichts nicht vergessen, die vom

Menschen stumpfsinnig verjagt werden, und er hat diese unvergleichlichen Leckerbissen vor der menschlichen Bosheit in Sicherheit gebracht. Aber das Kind ist ein großer Verschwender des Lebens, und nichts ist völlig sicher vor seiner Begierde. Ihm verzeiht Gott alles.

Manchmal jedoch verzeiht er nicht und straft furchtbar.

Einen Tag nach diesem Bad mit tödlichen Absichten flüsterte mir Neranzula, während ihre Hände meinen auf ihren Knien ruhenden Kopf liebkosten, ins Ohr:

»Hör zu … Marco … Hör mir gut zu … und sei nicht böse. Epaminonda …«

»… Zum Teufel? Wirst du wohl aufhören mit Epaminonda, wenn du Marco streichelst, und aufhören mit Marco, wenn du Epaminonda streichelst? Man kann nicht zwei Säbel in eine Scheide stecken!«

Jäh hatte ich mich aufgerichtet, um ihr meinen Zorn auszudrücken, sie aber packte mich sanft bei den Haaren und legte meinen Kopf auf ihre Knie zurück:

»… Laß die Säbelscheide, Marco, und hör mir zu! … Epaminonda hat Gewissensbisse, weil er dich feige umbringen wollte …«

»… Und jetzt will er mich *tapfer* umbringen; das nützt mir ebensowenig!«

»Und jetzt will er uns nach Corotişca bringen, damit wir die Brombeeren von Fuchs, Wolf und Kiebitz essen können. Du weißt: Brombeeren, so dick und schwarz wie meine Augen! ... Ganz flaumweich vom Nebel! ... und süß wie ... wie das hier! ...«

Und sie küßte mich ›nach Art der Großen‹, dann drückte sie mir, um mich daran zu hindern, daß ich zu schnell antwortete, bald das eine, bald das andere Auge sacht auf die Lippen und ließ dabei ihre langen Wimpern flattern, eine Berührung, die mir das Herz stillstehen ließ.

Ich brachte kein Wort hervor. Sie nahm ein Blatt, das von dem alten Maulbeerbaum gefallen war, unter dem wir uns aufhielten, deckte mir, nachdem sie es geküßt hatte, damit den Mund zu, legte die Hände darüber und fuhr zu sprechen fort:

»Du darfst nicht nein sagen! Ich habe wahnsinnige, wahnsinnige Lust darauf, die Brombeeren der wilden Tiere zu essen ... Und du weißt, die nicht befriedigte Eßlust kann viel Unheil herbeiführen, denn die Eßlust kommt nicht von uns selbst. Man erzählt, in der ›Türkenzeit‹ sei es passiert, daß eine schwangere Frau eine Beere von einer schönen Weintraube abriß, die von Hausdienern auf einem silbernen Tablett zu ihrem Herrn, einem bösen Pascha, gebracht wurde. Der wütende Pascha befahl, die arme Frau zu holen, und er ließ ihr den Bauch aufschneiden. Da sah man, daß die Weinbeere im Mund des Kindes lag. Seitdem haben die Paschas den Männern geraten, allen Gelüsten der Frauen zu willfahren, denn sie kommen nicht von uns selbst. Siehst du! Ich bin zwar noch keine *Frau*, aber es ist genau das gleiche. Ja, Marco, es ist fast das gleiche, nicht wahr?

Und so wirst du, wenn du so gut sein willst, Epaminonda erlauben, uns zu beweisen, daß auch er fähig ist, etwas zu leisten. Er fühlt sich gedemütigt und will uns zeigen, was für ein guter ›Schiffskapitän‹ er ist. Wir werden mit einer ganzen Bande fahren, mit ihrem Segelboot. Er wird Kapitän sein und uns staunen lassen. Verstanden? Und du wirst nicht eifersüchtig sein!«

Obwohl mir ganz jämmerlich zumute war von diesem ständigen Teilen, fuhr ich mit zu den Brombeeren. Epaminonda, der Arme, konnte einem ebenso leid tun wie ich, und er versicherte mir, er sei gar nicht so schlecht. Ich wußte es. Trotzdem war der Händedruck, den wir uns gaben, nicht besonders enthusiastisch.

Und wir stiegen in sein Boot, einen alten Pott, der überall leck war. Wir mußten unaufhörlich Wasser schöpfen. Dies war in erster Linie die Aufgabe der sieben kleinen Kerle, die den Generalstab des Admirals Epaminonda darstellten, sieben ungewaschene, schlechtgenährte und zerlumpte ›Tapfere‹. Durch die Luken ihrer kurzen Hosen konnte man das ganze Vermögen der Admiralität sehen, doch die Kindheit kennt nur ein einziges unerträgliches Elend: daß man zur Schule gehen muß. Gottlob bewahrte sie vor diesem Schrecken die Donau, auf deren Wasser unsere Schiffsjungen wandeln konnten wie Christus, von dem sie die Barmherzigkeit geerbt hatten.

Neranzula strahlte vor Freude. Alles verhieß einen höchst gelungenen Ausflug bei einem Wetter, das angenehm war wie im Hochsommer nach erfrischendem Regenguß. Jeder stand auf seinem Posten, und sie machte uns trunken, als sie vom Heck zum Bug und vom Bug zum Heck sprang (ebenso, wie sie sonst über den Graben sprang), wobei sie voll Leidenschaft rief:

Neranzula fundoti!
Neranzula fundoti!

Epaminonda, der alle Segel gesetzt hatte, sagte zu ihr: »Du machst mir noch das Schiff kaputt!«

Überzeugt davon, daß er Schiffskommandant sei, und tief betrübt, daß es ihm an einem Fernglas fehlte, hielt er sich gerade wie der Fockmast (seiner Phantasie, denn wir hatten nur einen einzigen Mast), erforschte, die Hand zum Schutz über die Augen legend, den Horizont und warnte seinen Steuermann ernst:

»Vorsicht, Papajani! Die Lastkähne kommen genau auf uns zu! Steuere etwas nach links! Wir könnten zusammenstoßen und Schaden erleiden!«

»Wer *wir*?« fragte unsere Freundin boshaft. »Du meinst wohl, daß die Lastkähne dein Boot zu Mus quetschen könnten!«

Derartige Sticheleien mußte Epaminonda die ganze Fahrt über hinnehmen, doch seine Rüstung als ›Seebär‹ machte ihn unangreifbar wie einen Heiligen. Er war aufrichtig, von Glauben erfüllt, heldenhaft und opferbereit zum Ruhm seines fernen Vaterlandes, dessen ehrenvoller Diener er eines Tages zu sein hoffte. Sein Gesicht, das verwüstet war von der Flamme der frühreifen Leidenschaften, die sein Inneres verzehrte, bekam ein martialisches Aussehen, sobald es darum ging, eine Pflicht zu erfüllen. Es war für uns ein Glück, daß uns keines der mit Betrunkenen gefüllten Boote, die man auf dem Fluß so häufig antrifft, mit den üblichen herausfordernden Rufen entgegenkam, sonst hätte Epaminonda auf der Stelle eine ›Seeschlacht‹ begonnen. Hätten wir auch nur im geringsten den schlechten Zustand seines ›Schiffes‹ bekrittelt, dann würde er uns geantwortet haben, die Donau sei schuld daran, daß Wasser hereinkäme.

Ich zweifele nicht, daß Epaminonda ein guter Seemann war. Ach, unbilliges Schicksal! Warum versteifst du dich darauf, vorzugsweise die großmütigsten Seelen zu zerstören?

Durch natürliche Kanäle, die für ein Delta das gleiche sind wie die Trampelpfade fürs Gebirge, führte uns Epaminonda glorreich als guter Kenner der Topographie des Sumpfgebietes. Er tat es als wahrer Don Quijote und Sancho Panza zugleich, er schwitzte, blutete, wehrte sich, hielt eine armselige Trauerweide für einen erbitterten Feind und zerschmetterte ihre Zweige mit Schlägen der Ruderstange, erschreckte uns beim Vorüberfahren an bestimmten Dikkichten mit der Äußerung, daß sich wahrscheinlich Wölfe einstellen würden, die den Menschen angreifen, die ihn ›selbst schon einmal angegriffen‹ hätten, eine Gefahr, die ihn bewog, die ganze Zeit über ein langes Messer in der Hand zu halten und rührende Vorsichtsmaßregeln zu treffen, um unser Leben zu retten; gleichzeitig wußte er uns jedoch seinen gesunden Menschenverstand zu beweisen, indem er jede Gefahr des erschöpfenden Festfahrens im Schlamm erriet und uns davor bewahrte, wie er uns auch vor dem nervenaufreibenden Verirren in diesem Labyrinth beschützte, dem sogar die besten *barcagii* zum Opfer fallen, was oft dazu führt, daß die lustigsten Ausflüglergruppen so manche Vergnügungspartie unter Flüchen und Tränen beenden.

Obwohl wir erst geraume Zeit nach Sonnenaufgang abgefahren waren, ›ging‹ Epaminonda, als es längst noch nicht Mittag war, von uns allen beglückwünscht, ›vor Anker‹.

Und das Fest nahm seinen Anfang …

*

Das Fest … Gott behüte! Denn Neranzula machte es sich heiteren Sinnes zur Pflicht, uns zu verbittern, sobald wir den Fuß an Land gesetzt hatten: Vor meiner Nase küßte sie Epaminonda, um ihn für seine Tüchtigkeit zu belohnen, und damit ich mich nicht ärgerte, küßte sie mich vor der Nase Epaminondas, so daß sie uns alle beide verdrießlich machte.

»Ach! *moré* Marco!« rief der arme Admiral; »das ist ein Leiden, das nicht länger dauern kann! Ich gehe zugrunde!«

Höchst erstaunt von ihrem Mißgriff, sah uns Neranzula treuherzig an:

»Aber … warum ärgert ihr euch denn? … Was ich getan habe, ist doch gerecht …«

»Es ist zu gerecht, Neranzi-*mu*, zu gerecht, und das tut weh!« brüllte Epaminonda.

Die Hände an den Kopf pressend, verschwand er im Unterholz. Und ich floh nach einer anderen Seite. Die sieben Jungen waren schon weit fort, um Brombeeren zu suchen.

Sie folgte keinem von uns beiden, doch bald darauf hörte ich sie lauthals in der Ferne singen, obwohl sie den Mund voller Früchte hatte:

Neranzula fundoti!
Neranzula fundoti!

Wir befanden uns im Innern eines Sumpfgebietes von mehreren tausend Quadratkilometern, einem undurchdringlichen Gestrüpp, einem Bezirk, der auf ewig für die unermüdliche Hand des Menschen verloren war. Die Donau, ein großmütiger Tyrann, hält ihn ständig unter der Bedrohung ihrer Fluten, die in den Zeiten des großen Hochwassers unwiderstehlich sind. Hier scheint der Himmel ebenso wild zu sein wie die Erde; das Schweigen erschreckt; die Unermeßlichkeit macht das Leben für zart empfindende Lebewesen unmöglich. Ein Blatt, das sich bewegt, eine Dornenranke, die schwankt, der Ruf eines Sperbers, der die Luft zerfetzt, all das macht dem Menschen bewußt, wie wenig er auf der Erde bedeutet. Hier dringt der einfältige ›König‹ unseres Planeten nur zum Preis Hunderter von Kratzwunden und Tausender von Unannehmlichkeiten und erschöpfender Anstrengungen ein. Hier ruft, von dem Geier, der wie ein Gott der Unendlichkeit in den Lüften schwebt, bis zu den Moskitos, die überall in Myriaden herumschwirren, ein jedes dem Störenfried des schönen Erdenlebens zu:

›Bei uns wirst du nicht durchkommen!‹

Der melodiöse Refrain Neranzulas hallte wie unter einer bronzenen Kuppel und setzte eine Sumpfschnepfe in Erstaunen, die in meiner unmittelbaren Nähe Brombeeren pickte. Ich ließ mich von dem Ruf der geliebten Stimme locken. Epaminonda ging es an der Stelle, wo er sich aufhielt, wie mir, und bald tauchten unsere Köpfe, fast im gleichen Augenblick, am Rand einer von riesigen Wassermelonen bedeckten Lichtung auf. Bei unserem Anblick klatschte Neranzula in die Hände und lachte über unsere vom Brombeersaft besudelten Mäuler. Bei ihr waren nur die Finger schwarz geworden.

Ihre Freude ließ unsere gefrorenen Seelen auftauen und machte uns unser Leid vergessen. Auch wir begannen einer über den andern zu lachen. Dann deutete sie auf die Hütte des Melonenzüchters, nahm jeden von uns bei einer Hand und zog uns mit sich fort.

»Wir wollen einmal sehen, wer dieser *pepenar* ist!«

Es war ein Ehepaar in den Fünfzigern, arme Leute aus der Dobrudscha, halb Bulgaren, halb Zigeuner, in unsägliche Lumpen gekleidet und wild geworden wie die Erde, die sie ernährte. Nichtsdestoweniger jagte die Frau, die noch Spuren einer rasch verblühten Schönheit aufwies, den Hund fort, ging uns entgegen und fragte, ob wir Melonen essen wollten:

»Wir haben sehr gute«, fügte sie hinzu, während sie uns mit ihren neugierigen Augen musterte.

»Nein!« antwortete Neranzula; »wir haben uns eben mit Brombeeren vollgestopft. Danke vielmals.«

»Nun«, sagte die Frau von neuem, »dann gib mir doch einmal deine Hand, meine Schöne; ich kann das Schicksal voraussagen wie niemand anders.«

»Da ist sie!«

Die Wahrsagerin warf einen Blick auf Neranzulas Hand und rief im gleichen Atemzug aus:

»Herzchen! Du bist die Frucht einer verbotenen Liebe, dein Leben wird furchtbar sein, und dein Schicksal ist mit dem eines Burschen verknüpft, der von der gleichen Rasse ist wie dein Vater! Geh, das tut mir im Herzen weh!«

Sie ließ die Hand unserer Freundin los und ging in ihre Hütte zurück, während Neranzula schnell wie eine Hirschkuh entfloh.

Wir holten sie ein:

»Von welcher Rasse ist dein Vater?« fragten wir sie im gleichen Atemzug.

»Laßt mich in Frieden!« rief sie überreizt. »Ich weiß nichts von einem Vater! Ich habe es euch doch gesagt! Laßt mich in Frieden!«

Und dann lief sie fort und streckte sich im Schatten einer Weide aus. Wir folgten ihr wie begossene Pudel: Niemals hatten wir sie so böse gesehen. Und als wir uns vorsichtig näherten, warf sie uns hin:

»Geht zum Teufel ... ihr mit eurer Wahrsagerin!«

Na so etwas ... *Unsere* Wahrsagerin ...

Epaminonda ließ sich auf den Boden fallen und schlief ein. Ich wollte das gleiche tun, aber die Worte: *Geht zum Teufel* zerrissen mir das Herz. Zum erstenmal zerschmetterten ihr von freundlichen Worten sanfter Mund und ihre zärtlich sprechenden Augen mich mit einer solchen Beschimpfung. *Geht zum Teufel* … Sie, die so feinfühlig war, schnauzte mich an, wie ich es nur von vulgären Leuten der Mahala gehört hatte! Das tat sehr weh!

An diese Bitterkeiten der Liebe dachte ich, während ich neben Epaminonda saß und große Brombeeren in einem Körbchen ordnete, das ich eben geflochten hatte; da tauchten Neranzulas teure Hände vor meinen Augen auf und vertrieben wie durch einen Zauber allen Schmerz. Glücklich hielt ich inne und sah ihr zu: Sie hockte hinter mir, und ihre Finger rissen langsam Brombeeren von den Ranken ab, die auf meinen Knien lagen, und ordneten sie symmetrisch in dem Körbchen an, das an meiner linken Hand hing, einer Hand, die vor Freude ganz erstarrt war. Indessen murmelte sie mir ins Ohr:

»Ist das für mich? … Marco … Für mich? … Du bist also nicht verärgert? … Wie gut du bist! … Wie ich dich liebe! … Verzeih mir! Verzeih mir! …«

Ihr Atem versengte mich. Mit dröhnendem Kopf legte ich mein Ohr an ihren Mund.

Epaminonda erwachte.

»Wir werden ein Gewitter bekommen«, sagte er, denn im Liegen wandte er das Gesicht dem Himmel zu.

Und dann schob er zwei Finger in den Mund und pfiff zum Sammeln.

Ich legte mich in derselben Haltung hin wie er, während sie mit dem Korb in der Hand zwischen uns beiden hin- und herging und damit begann, uns nach der ihr eigenen Methode Galle ins Herz zu träufeln. Sie nahm Brombeeren, küßte zunächst eine nach der andern und steckte sie dann bald in meinen, bald in Epaminondas Mund, wobei sie jedesmal sang:

Neranzula fundoti!
Neranzula fundoti!

Es waren keine Brombeeren, die wir schluckten, sondern glühende Kohlen, während sie nichts davon zu ahnen schien und ganz treuherzig immer weitermachte.

Plötzlich schrie Epaminonda los:

»*Aman! … Neranzula! …Aman! …*«

Und drohend stand er auf:

»Gebe der Himmel, daß noch vor Sonnenuntergang ein Sturm kommt, damit wir untergehen! … Ich gehe jedenfalls zugrunde! …«

Es war gar nicht nötig, den Sturm anzurufen. Er war schon in der Luft. Und man hätte meinen können, es sei wirklich der Wunsch Epaminondas, daß er uns mitten auf der Donau überraschte, so sehr drängte er, daß wir dort hinkämen.

Als wir auf dem Arm des Măcinul fuhren und unser Boot mit rasender Geschwindigkeit an Ghecet vorüberkam, riefen uns die Fischer vom Ufer aus zu:

»Fahrt nicht in die Donau! ... Sie ist außer Rand und Band! Und niemand kann euch dort zu Hilfe kommen!«

Epaminonda nahm, am Steuerruder stehend, taub, blind und erbarmungslos Kurs auf Brăila, während seine ›Matrosen‹ wie wahnsinnig, aber gehorsam, beinahe stolz Wasser schöpften. Neranzula, die am Bug saß, betrachtete all das völlig gleichgültig. Sie wußte, daß sie, selbst wenn die Wellen haushoch heranrollten, nicht in der Donau untergehen konnte. Und was ihre Sorge um die Kinder betraf – weiß man denn jemals, bis zu welchem Grad das Herz eines Teufelsmädchens Mitleid kennt? Außerdem trug Epaminonda die Verantwortung, und seine Tapferkeit berauschte die Jungen so vollkommen, daß sie, je näher die Gefahr heranrückte, desto trunkener heulten:

»Es lebe Griechenland! Es lebe die griechische Flotte!«

Und sie schöpften und schöpften Wasser.

Doch als wir mitten auf dem Fluß angekommen waren, wurde ihre Tätigkeit jählings durch eine Trombe unterbrochen, die unser unglückseliges Boot ganz mit Wasser füllte.

»Zieht euch aus!« kommandierte der ›Admiral‹, während er das Steuer fahrenließ und selbst damit anfing.

Wir hatten gerade noch Zeit, den Befehl auszuführen, als das Boot auf den Grund sank.

»Faßt euch über unseren Rücken an!« rief Neranzula den Jungen zu, die nicht mehr an die griechische Flotte dachten.

Die sandige Schlagwelle machte uns für einen Augenblick blind und brachte uns von der Richtung ab, dann fanden wir uns wieder und schlossen die Reihen. Die Kinder scherzten noch, im Glauben, daß das Geschehene nicht gefährlich sei.

Ach! Eine Minute später öffnete der Himmel seine Schleusen, und der Sturm pflügte wütend die Donau. Man konnte nicht mehr erkennen, was eine Handbreit vor der eigenen Nase geschah. Tiefschwarze Nacht und nichts als Wasser von der Erde bis hinauf zu den Sternen.

Während ich mich mit aller Kraft gegen die Wogen zur Wehr setzte, von den beiden anderen Gruppen und von dem Burschen, der allein schwamm, getrennt, spürte ich lange Zeit auf dem Rücken die verschlungenen Hände meiner beiden kleinen

Gefährten, dann fühlte ich ein plötzliches Abreißen und … gar nichts mehr. Ich war allein.

Ich wühlte und suchte rechts und links im Wasser, soweit die Wirbel es mir gestatteten, aber man weiß ja, daß Gott unschuldige Seelen für die Reihen seiner himmlischen Heerscharen braucht, und als wir das Ufer erreichten, wo uns eine verzweifelte Menge erwartete, um uns aufzufischen, waren von den sieben schon drei tapfere Seelen auf dem Weg zum Richterstuhl des Herrn.

Das geschah in der ersten Septemberwoche, wenn die späten Brombeeren die heißersehnten Leckerbissen der mutigen Kinder von Brăila sind. Alle fahren sie, ohne an den Tod zu denken, doch manchmal fischt man sie aus der Donau auf, und dann ist ihr Maul noch bis an die Ohren schwarz gefärbt von der verhängnisvollen Brombeerfrucht, die nur für die wilden Tiere bestimmt ist.

*

Ein Herbst, der reich ist an welken Blättern … Ein Oktober so traurig wie mein Herz … welke Blätter und Traurigkeit, die ein trockener Wind durch die ganze Stadt wirbelt.

Neranzula trippelt, etwas wärmer gekleidet als sonst, noch immer in ihrem Tragholz, doch ihre Gefäße sind nicht mehr mit Quecksilber gefüllt: Keine Sonnen zittern mehr in den Eimern; denn auch der Himmel hat sein Winterkleid angelegt.

»Marco, diesen Winter werden wir Kürbisse essen, die auf meinem Herd gekocht sind!« Noch immer teilt sie die freien Nachmittagsstunden zwischen der ›Uliță Kalimera‹, mir und ihren Hunden, die groß und schön und unbesonnen geworden sind wie ihre Herrin.

»Marco, komm und sieh dir an, wie Leu gleichzeitig mit mir über den Graben springt! Sie haben angefangen, dort gußeiserne Rohre zu verlegen, die aneinandergeschraubt werden. Jetzt ist es gefährlicher zu springen, denn wenn man in den Graben fällt, kann man sterben. Aber ich springe immer weiter! Komm und sieh …«

Ich höre ihrem unermüdlichen Geplapper zu, ich lasse mich hätscheln wie ihre Hunde, aber ich rühre mich nicht mehr aus meinem Zimmer, ich verlasse den Hof nicht mehr. Auch Epaminonda besucht mich nicht mehr. Uns beiden ist das Herz zerrissen von dieser Teilung. Das kann nicht länger dauern. Was mich angeht, so wäre es mir lieber, diese Qual hätte ein Ende, wie es auch immer sei, koste es, was es wolle!

Und es gab auch ein Ende, doch war es ganz anders, als es selbst die grausigsten Ahnungen meiner fiebernden Eifersucht voraussehen konnten!

Eines Tages erhob sich entsetzlicher Lärm auf der Straße: Frauen, Kinder und Hunde heulten im Chor, als sei die Pest ausgebrochen.

Es waren die *hingheri* des Pfandstalles mit ihrem verhaßten Käfig und der Polizist, der sie vor dem Volkszorn schützen sollte. Die beiden Zigeuner mit den feindseligen Augen und dem sarkastischen Lachen, eine Stange in der Hand haltend, die an ihrem Ende mit einer Schlinge aus Kupferdraht versehen war, rannten wie die Teufel, stießen die Stange nach vorn und schoben die Schlinge den armen Tieren um den Hals, die sich nicht wehren konnten. Fortgeschleift wie ein Fetzen und fast erdrosselt, wurde der auf diese Weise gefangene Hund brutal der schon im Käfig versammelten Herde hinzugesellt.

Alle Einwohner des Viertels waren draußen, feindselig, zum Kampf bereit, ungeachtet des Polizisten mit dem lächerlichen Säbel, der ihm an den Oberschenkel schlug. Ein jeder rief nach seinem Hund und machte sich davon, wobei er ihn auf den Armen hielt und ihn an sich drückte wie einen kostbaren Schatz.

»He! ... *Sacagiță!* ... Paß auf deine Hunde auf!« rufen die Nachbarinnen.

Aber wo ist Neranzula denn? Sicher an der Pumpe. Ich laufe zu der Scheune, wo ihre Hunde eingeschlossen sind: Leu fehlt! Und die *hingheri* sind schon verschwunden, ich kann nicht herausbekommen, ob sie ihn mitgenommen haben (›um ihm bei lebendigem Leib die Haut abzuziehen‹), ob er an der Pumpe ist oder ob er sich sonst irgendwo herumtreibt.

Ich werde fast wahnsinnig. Ich weiß nicht, welche Spur ich verfolgen soll, und da kommt Neranzula endlich. Sie ist allein, Leu begleitet sie nicht, wie ich gehofft habe. Ich sehe sie von weitem kommen, überschäumend, die leeren Eimer in einer Hand, das Tragholz in der andern, höchst zufrieden, daß sie mit der Arbeit fertig ist, doch auf einmal weiten sich ihre Augen vor Entsetzen, mit einem Blick begreift sie, daß die *hingheri* vorübergekommen sind, sie läuft auf mich zu:

»Sind meine Hunde da?« heult sie.

»Leu fehlt!«

Rasender als eine Furie, zügelloser als ein Donnerwetter macht Neranzula sich sofort an die Verfolgung der *hingheri* und sammelt unterwegs die mörderischsten Kiesel, eckige, spitze, schneidend scharfe Steine vom Boden auf. Ich begleite sie und stopfe mir die Taschen mit Geschossen voll. Ich weiß, daß man die Zigeuner allenfalls mit einem Maschinengewehr dazu bringen könnte, ihre Beute fahrenzulassen.

Tatsächlich holen wir, immer weiter geleitet von Einwohnern, die den Pfandstall vorüberkommen sahen, endlich den garstigen Leichenwagen ein – aber wo? Natürlich in der verfluchten ›Uliță Kalimera‹ mit ihrem Graben und ihrem Epaminonda, der auf der Straße steht, Leu im Käfig gesehen hat und uns zuruft:

»Er ist drin! ... Los, auf die *hingheri*!«

Ein Hagel von Steinen! ... Alle drei werfen wir welche, aber die Steine, die aus der linken Hand Neranzulas geflogen kommen, erreichen ihr Ziel und verletzen die Zigeuner, den Kutscher und den Polizisten ganz fürchterlich und schlagen sie mit blutenden Köpfen in die Flucht.

Wir stürzen den Käfig um. Sämtliche Hunde entwischen. Und als der Schutzmann mit Verstärkung zurückkehrt, findet er keinen, der ihm verraten könnte, daß wir uns in Epaminondas Stall versteckt haben und Leu auf den Armen halten.

Zwei Stunden später kriechen wir wie Ratten wieder hervor.

Die Straße liegt ausgestorben da ... Eine Dämmerung, die Gewitter verheißt ... Die Fensterscheiben sind goldene Lachen. Die letzten Blätter des Jahres, die kraftlos an den Zweigen der Bäume hängen, scheinen in Blut getaucht zu sein.

Sogar der Graben, der finster ist wie eine unermeßliche Gruft, empfängt goldene Lichtgarben, die seine Ränder kupferrot färben und die auf dem Grund verlegte Wasserleitung ahnen lassen.

Neranzula betrachtet ihn fasziniert und drückt ihren Hund an die Brust. Es scheint, daß sie nur mühsam dem Verlangen widersteht zu springen.

»Gehen wir!« sage ich, »gehen wir nach Hause! ...«

Und ich gehe den schmalen Pfad entlang, den man vor den Grundstücken gelassen hat, doch sie folgt mir nicht, sie setzt Leu auf den Boden, küßt Epaminonda, springt über den Graben und küßt mich:

Neranzula fundoti!

Dann kehrt sie, gefolgt von ihrem Hund, zu Epaminonda zurück!

Neranzula fundoti!

Und immer schneller geht es, ein Kuß-und-Dolchstoß für mich, ein zweiter für Epaminonda, und immer mit dem Hund und mit *neranzula fundoti* über den Graben.

»*Aman! ... Aman! ... Neranzi-mu!* Töte mich lieber! Töte mich!« ruft mein unglücklicher Rivale, der blaß und wie erstarrt vor seiner Tür steht.

Ich warte nur noch darauf, daß sie zu mir gesprungen kommt, damit ich sie packen und nach Hause zerren kann, aber genau in dem Moment, als sie losspringt, schnappt Leu nach ihrem Rocksaum: Ein Aufschrei, und Neranzula verschwindet in der Tiefe des Grabens!

Ich falle auf der Stelle in Ohnmacht.

An das, was nach diesem Unfall geschah, erinnere ich mich nur ganz undeutlich, denn drei Tage lang vermengten Fieber und Wahnwitz in meinem Innern die Wirklichkeit mit dem Blendwerk.

Ich entsinne mich, lautes Geheul von Frauen und große Laternen wahrgenommen zu haben, Schatten, die sich bewegten, dann schließlich geschlossene Augen, ein rotes, blutüberströmtes Gesicht, verklebtes langes Haar und einen klaffenden Schädel. Das war sie, unsere schöne Neranzula, die mit einem Wagen ins triste Spital gebracht wurde.

Es war das Ende einer Leidenszeit …

… und der Anfang einer anderen, noch entsetzlicheren, die viele Jahre dauern sollte.

Zweiter Teil

Orangen, Zitronen! ... (Ach, welch ein Unglück!) Seit fünf Jahren verkauften wir Orangen und Zitronen von einem Handkarren, den ich an der Deichsel zog, während Epaminonda schob!

Meine Eltern waren gestorben ... Epaminondas Eltern waren gestorben ... Und obwohl uns unser Erbteil erlaubte, in aller Behaglichkeit zu leben, verkauften wir auf allen Straßen Brăilas Orangen und Zitronen, denn wir suchten verzweifelt nach unserer Neranzula, die am Tag ihrer Genesung aus dem Krankenhaus verschwunden war, ohne uns auch nur ein Wort des Abschieds zu sagen oder uns ein Andenken zu hinterlassen!

Zwei Gologani die Orange! Ein Gologan die Zitrone! (Ach, welch ein Unglück!) Im Wind, im Regen, bei drückender Hitze ... Und immer forschten unsere Blicke, ob nicht vielleicht ein Fenster oder eine Tür geöffnet würde, in denen sich das schöne Mädchengesicht unserer Neranzula zeigte.

Fünf Jahre lang! …

Wir waren inzwischen zu ›Männern‹ geworden … Alle beide hochgewachsen … brünett … mit gepflegtem Bart und Schnurrbart; und auch sonst nahmen wir uns ganz passabel aus. Doch wie sehnsuchtsvoll waren unsere Blicke! Man hätte meinen können, wir seien zwei junge Mönche, die traurig danach verlangten, sich von ihrem Keuschheitsgelübde loszusagen.

Oraangen, Zitroonen! … ach, wir armen Burschen! Hunderte Male waren unsere Schuhsohlen durch den Staub und Schmutz eines jeden Quadratmeters aller Straßen, Alleen und Boulevards gestampft! Tausende Male hatten wir die Blicke den gleichen Türen, den gleichen Fenstern zugewandt … Häuser mit Türen und Fenstern; eintönig aufgereihte Häuser. Und Männer und Frauen, Menschen, die eintraten, herauskamen, gähnten …

All das hätte aufhören können, ohne daß wir das geringste Bedauern empfunden hätten, denn wir suchten einzig und allein unsere schöne Neranzula!

Zwei Gologani die Oraange! … Ein Gologan die Zitroone! … Der Wagen bleibt stehen … Der Wagen fährt wieder los … Ich ziehe an der Deichsel. Epaminonda schiebt … Tausend- und abertausendmal schreien unsere Münder am gleichen Tag diese banalen Worte: *Orangen! Zitronen! Zwei Gologani! Ein Gologan!*

Und da wir immer noch glauben, daß sich Neranzula hinter einem Fenstervorhang versteckt hält, beginnen wir einstimmig zu singen:

Am Ufer des Meeres, am Strand,
Neranzula fundoti!
Ein Mädchen wusch seinen Rock,
Neranzula fundoti!

Neranzula fundoti! … Vermagst du es, dieses Lied zu hören und nicht zu antworten? Hast du das Herz dazu?

Aman, Marco, *aman!* … Ich sterbe, ich gehe zugrunde! *Denn schlimm ist es mit dem Schlimmen, aber noch schlimmer ist es ohne das Schlimme.**

*

Ja, wir hatten die ganze Stadt abgeklappert, von den vornehmen Vierteln, die schweigsam und kalt waren wie die Herzen der satten Menschen, die sie bewohnen, bis zu den pöbelhaftesten Mahalas, die lärmend, streitsüchtig und schmutzig waren, doch weitaus menschlicher, und ein weitaus grö-

* rumänisches Sprichwort. (Anm. d. Autors)

ßeres Interesse an dem Geheimnis der beiden Händler bekundeten, *die schreien und jammern und nach den Fenstern blicken, als suchten sie ihre in der Hochzeitsnacht entflohenen Bräute.*

(Oh, du verkanntes Volk! Du allein vermagst die Heimsuchungen der Menschenseele zu ergründen, denn dir allein sind alle Heimsuchungen des Erdendaseins begegnet! ... Du hast alles erfahren, und du weißt mit allen Niedergedrückten zu leiden.)

Mechanisch verteilen unsere Hände Zitronen, Orangen und sammeln Gologani ein. Ach, das ist es nicht, was wir ersehnen! Unsere Gedanken sind fern von hier; unsere Köpfe drehen sich wie Wetterfahnen. Und wir merken gar nicht, daß uns die Straßenjungen etwas von der Ware stibitzen.

Besänftigt sind aller Neid und aller Groll, den unsere Drachen einstmals erregt haben ... Keinen Stein müssen wir mehr werfen ... Und niemand ist uns feindlich gesinnt ... Wir sind zwei Lämmer mit sanftem, melancholischem Blick geworden, zwei abwesende Geschöpfe, die sich wie Automaten bewegen. Und vergeblich sind selbst die schüchternsten Versuche der jungen Mädchen, ihre Blusen mit den schwellenden Früchten zur Geltung zu bringen, und vergeblich liebkosen sie mit den Fingern unsere Bärte: Keine von ihnen kann uns Neranzula ersetzen!

»*Bre* Marco!«

»*Bre* Epaminonda!«

Jeden Abend, wenn wir in völliger Dunkelheit auf unseren Betten liegen, greifen wir mit diesen seufzend hervorgebrachten Rufen unsere immerwährenden Fragen wieder auf!

»Wie konnte sie uns nur so grausam verlassen?«

»Und wo versteckt sie sich bloß?«

»Und mit wem, ach Gott, mit wem teilt unsere schöne Neranzula ihre Zärtlichkeiten?«

»Ob sie geheiratet hat? Ach, *aman*!«

»*Aman*, Neranzula!«

»Neranzi! Neranzula! Wo bist du?«

Unsere Arme strecken sich sehnsüchtig nach der unsichtbaren Zimmerdecke, nach der traurigen Unendlichkeit aus, die unser Glück verbirgt, unser Glück ...

Unser Glück? Ja, so ist es: *unser beider Glück*, das Glück von Epaminonda und mir, *unsere* Neranzula!

Denn jetzt ersehnen wir nichts mehr, wenn wir einstmals auch Dinge ersehnt haben, die uns verwirren, trübe machen und uns Haß empfinden lassen. Heute und schon seit sehr langer Zeit, seit dem Tag, da Neranzula unsere Herzen mit sich nahm, als sie verschwand, ersehnen wir nichts anderes als unsere Freundin mit dem ernsten

Gesicht und der sinnenfrohen Reinheit, die Frau-und-Freundin, die uns mit einer Zuneigung liebte, die wir nicht verstehen konnten.

Diese Liebe, diese Frau-und-Freundin, dieses verwunderte Gesicht und diese sinnenfrohe Unschuld, all das war wie geschaffen zu unserem Glück, und nichts konnte es uns ersetzen.

O Mann! Wenn die Frau ein Freund für dich sein kann, dann ist sie mehr als die beste der Ehefrauen, vollkommener als die wollüstigste der Geliebten, und sie übertrifft um ein Vielfaches die hingebendste Freundschaft, die ein Mann für einen anderen Mann empfinden kann, denn die Frau ist so vielfältig und so veränderlich wie die Erde, die uns bezaubert und die uns nährt!

Wo war sie, *unsere* Neranzula, damit wir uns ihr zu Füßen werfen und ihr sagen konnten:

»Freundin! Freundin! Wir haben Frieden geschlossen! Gib uns deine Schürze, damit sie uns am Tag als Ikone und in der Nacht als Kopfkissen dienen kann! Am Tag werden wir sie küssen, wie man es mit Heiligenbildern tut! Des Nachts werden wir unsere brüderlich-friedlichen Wangen darauf legen! Denn wir haben Frieden geschlossen, Freundin!

*

Ja, ich zog an der Deichsel. Und Epaminonda schob den Karren. Wir riefen zusammen: *Oraangen, Zitroonen!* (Ach, welch ein Unglück! Wir Armen!)

So hatten wir Hunderte Male die ganze Stadt abgesucht, die ganze Stadt, außer einer Straße oder, besser gesagt, einem Teil von einer Straße.

Brăila, ein üppiges, verlottertes Frauenzimmer, das ihren Liebhaber, die Donau, bald mit fieberndem, bald mit begehrlichem Blick ansieht, Brăila besitzt einen Grundriß, mit dem es vielleicht einzig dasteht auf der Welt.

Es ist angelegt wie ein fast völlig aufgeschlagener Fächer. Von seinem Kern, der das Zentrum bildet, gehen die Arme von acht Straßen und zwei Boulevards aus, welche die Taille umschlingen und sie der Donau vorzeigen als lockende Gabe, doch damit sich die Schöne nicht im mindesten geniert fühlen muß, gebieten vier Alleen dem Schwung dieser zehn Arme Einhalt und durchmessen sie genau wie die Querverbindungen des Fächers.

Lang, unendlich lang ist jede dieser zehn Straßen, die vom Fluß fast wieder zum Fluß hinführen, stets in leicht gekrümmter Linie, und bis zum Stadtrand an die sechshundert Nummern erreichen, wobei sie immer den gleichen Namen behalten trotz des Hereinbrechens der vier Alleen. Dennoch hat das Volk, das die Eintönigkeit nicht liebt, die so durch die großen Verkehrsadern voneinander getrennten Bruchstücke der Straßen nach seiner eigenen Logik mit Namen versehen, was zur Entstehung der Stadtviertel, unserer berühmten *Mahalas* geführt hat: der jüdischen, der griechischen, der russischen, der Mahala der Zigeuner usw …

Eine dieser *Mahalas*, die wir niemals betreten hatten, heißt *Der Graben*, es ist ein Teil der Straße der Einheit. Schicksalhafte Namen! Denn, wenn *Der Graben* ein wirklicher Graben ist für die Frau, die dorthin geht und ihre Jugend dem triebhaften Leib des Donauhafens als Weideplatz gibt, dann ist der Name *Einheit*, den die ganze Straße trägt, eine historische Tatsache: Hier befand sich vormals der Graben, der die befestigte Stadt in der Türkenzeit schützte. Als der Graben von einst nach der weiten Ausdehnung Brăilas in neuerer Zeit zur Straße geworden war, wurde er *Straße der Einheit* genannt.

Aber warum hatte die Erinnerung des Volkes den Namen *Graben* nur für jenen Abschnitt der Straße bewahrt, der am Abend mit seinen zahllosen roten Laternen erstrahlt? Deshalb:

Am Graben, mein Junge, am Graben,
Braucht man nur einen Groschen zu haben:
Da verknoten die Hündinnen und die Rüden
Die traurigen Stunden mit den trüben …

So erläuterte es ein obszönes Liedchen jener Jahre.

Am Graben war kaum noch ein ehrsames Haus zu finden. Als er mehr und mehr von den ›Hündinnen‹ erobert wurde, verkauften immer mehr Grundeigentümer ihre Häuser an eine *ţaţa* oder einen *nene*, die gutes Geld dafür bezahlten, denn die Industrie mit den ›traurigen Stunden‹, die mit den trüben ›verknotet‹ werden, blühte im gleichen Maße wie die anderen Industrien der modernen Gesellschaft, wo alles mit der gleichen Schamlosigkeit ›verknotet‹ wird.

Es gab keine anständige Familie mehr. Die Eltern stellten betrübt fest, daß die in dieser Straße geborenen Jungen alle schon in frühester Jugend Zuhälter wurden. Was die Mädchen betrifft, so unterschieden sie sich, selbst wenn sie sich ehrbar verheirateten, in ihren Manieren und ihrer Redeweise nicht im geringsten von den ›Hündinnen‹, denn:

Von den Bädern der Diana
Bis zu der Fabrik Milona
Hört man nur den Ruf der Stana:
Komm, mein Liebling! Na, na, na!

Die Badeanstalt der Diana und die Mehlfabrik Milona bildeten die beiden äußersten Punkte des Grabens, an den Kreuzungen der Straße mit der Strada Victoriei und der Strada Galați.

Wir kamen dort oft vorbei und hielten unseren Karren an, aber ... Unser Denken, unsere Blicke, unser ganzes Empfinden sträubte sich gegen die unerlaubte Vorstellung, daß sich unsere Neranzula in diesem Inferno befinden könnte. Niemals hatte einer von uns, weder Epaminonda noch ich, es gewagt, einen so gotteslästerlichen Gedanken zu äußern.

Regungslos an einer der beiden Kreuzungen stehend, betrachteten wir einen Augenblick die Gruppen der Dirnen, die sich, wie für einen Maskenball gekleidet, vor den Türen drängten, den Vorübergehenden mit heiserer Stimme etwas zuriefen und sie am Ärmel zupften. Noch bartlose Trunkenbolde, die einander die Arme um die Schultern gelegt hatten und ihre Anzüge durch den Straßenstaub schleiften, heulten, während ihnen die Augen aus den Höhlen traten, und hinter ihnen ging ein elender Zigeuner, der etwas auf seiner Geige kratzte. Diese konnten einen Mann schneller um sein letztes Geld bringen, als man sich eine Zigarette ansteckt.

Von weitem betrachteten wir diese

schrecklichen Dinge, dann sahen wir uns an und machten uns schweigend wieder auf den Weg.

*

Doch eines Tages – eines schönen Frühlingstages! –, als wir mit unseren Orangen an dem Graben vorüberkamen, schickte uns der Himmel ein so deutliches Zeichen, daß er uns an Ort und Stelle verharren ließ und wir nicht weiterzufahren vermochten: Es ging einfach nicht!

Es war gegen Abend. Wir fuhren eben an der Mehlfabrik entlang, als eine Meute läufiger Hündinnen und Hunde (es waren wirklich Hündinnen und Hunde) aus dem Graben gerast kam und auf uns und unseren Karren zustürzte. Im gleichen Augenblick hörte ich Epaminonda mit einer Stimme, die nichts Menschliches mehr hatte, schreien:

»Leu! Leu!«

Bei diesem Schrei, der mich erzittern ließ, löste sich ein großer, starker Köter aus der Meute, als hätte man ihn am Ohr gestoßen, kam nahe heran, schnupperte ein paar Sekunden an unseren Hosenbeinen und machte sich ohne längeres Zögern wieder an die Verfolgung der ihn gerade fesselnden Leidenschaft.

»*Aman*, Marco! *Aman*, Epaminonda!

Glaubst du, daß er es ist? Und dann? Wie! Bei wem? … Was!«

Wir ließen unsere Ware im Stich und begannen hinter den Hunden herzurennen, rasender als sie selbst, und mischten uns manchmal unter die Tiere, um ihre ›Hochzeit‹ zu stören; wir kreisten dabei alle zusammen um das Viereck, das von der Strada Galați, dem Boulevard Cuza, der Kirche der Muttergottes und dem Boulevard Carol gebildet wird, als ein Schankwirt ein paar Eimer Wasser über der Meute ausschüttete und sie zerstreute.

»Leu! Leu!« schrien wir.

Der Hund schüttelte kräftig sein durchnäßtes Fell; dann kam er etwas müde heran, um uns mit größerer Aufmerksamkeit zu beschnüffeln, aber auch jetzt tat er es ohne Begeisterung, gleichsam zerstreut und als ob ihn sein Gedächtnis nicht genügend unterstützte mit den Erinnerungen aus der Kindheit, von der ihn fünf Jahre trennten.

»Ob es wirklich Leu ist?«

Wir waren uns keineswegs sicher. Weder sein Fell noch sein Gesichtsausdruck waren so, wie wir sie damals kannten. (Vielleicht dachte er auch das gleiche von uns.) Im übrigen ließ er sich teilnahmslos streicheln und war mit den Gedanken woanders.

»Komm, wir holen den Karren, wir

wollen ihm folgen«, sagte ich zu meinem Freund.

Wie durch ein Wunder stand unser Karren noch dort, wo wir ihn verlassen hatten, aber von den dreihundert Orangen und Zitronen, die darauf gelegen hatten, waren nur noch etwa vierzig übrig: Die Vorübergehenden waren wohl der Meinung gewesen, dies habe nicht die geringste Bedeutung für Händler, die so übergeschnappt waren wie wir.

Der Verlust der Orangen und Zitronen machte uns nichts aus. Und auch nicht der Verlust des Wagens selbst; er sollte am Abend dieses denkwürdigen Tages verschwinden, als ob er niemals existiert hätte. Denn als wir Leu folgten – der tatsächlich der Leu unserer Neranzula war und uns vor das Haus seiner Herrin führte –, waren wir dem Tode nahe, wie es einem geht, wenn er erfährt, daß seine Neranzula einen jener ›Gräben‹ bewohnt, an denen die Welt so reich ist, und daß sie – sie, die Freundin mit dem ernsten Gesicht und der sinnenfrohen Reinheit – nichts mehr ist als ein leichtes Mädchen!

Zunächst wußten wir noch nichts davon und wollten nichts davon glauben. Wir folgten dem Hund ... Als wir sahen, daß er in den Graben einbog, entzogen wir ihm unser Vertrauen:

»Nein … Das ist doch nicht Leu.«

Dennoch folgten wir ihm weiter und zogen unseren von seiner Ware befreiten Karren und ertrugen das Kreuzfeuer der Dirnen, deren zärtliche Worte grausame Beleidigungen für uns waren.

Der Hund lief schräg auf eine offenstehende Tür zu und verschwand, ohne seine Verfolger noch eines Blickes zu würdigen.

Wir nahmen das Haus in Augenschein. Es war vornehmer als alle übrigen am Graben, ja sogar schön mit dem Schnitzwerk der Fassade und seinem schwermütigen Aussehen, das von den heruntergelassenen Rolläden hervorgerufen wurde, aber die rote Laterne fehlte nicht, nur war sie über und über vergoldet.

»Das ist ein ›Haus erster Klasse‹«, murmelte Epaminonda.

Wir wußten, daß der Graben auch zwei oder drei Häuser dieser Art aufwies, die von Schiffsoffizieren und von ›sehr gutgestellten‹ Ehemännern aufgesucht wurden. In diesen Häusern gab es nur wenige Mädchen, die alle sehr jung und hübsch waren. Sie zeigten sich niemals an den Fenstern oder an der Haustür: Sie waren ›seriös‹.

»Was sollen wir tun, Marco?«

»Wir wollen rufen, was sollen wir sonst machen, Epaminonda.«

Während wir den Blick bald auf die Fenster, bald auf das bißchen Ware richteten, das uns noch geblieben war, riefen wir:

»Oraangen, Zitroonen!« (Ach, welch ein Unglück, welch ein Elend!)

Dann sahen wir uns an und sangen:

Am Ufer des Meeres, am Strand,
Neranzula fundoti!
Ein Mädchen wusch seinen Rock,
Neranzula fundoti!

Der Herrgott bewahre alle Menschen vor einem solchen Augenblick!

Ich selbst wagte nicht zu den Fenstern hinaufzusehen, aber Epaminonda, der es wagte, bekam auf einmal den Gesichtsausdruck eines Menschen, der weiß, daß er dem Tode nahe ist:

»*Ama-a-an!* ...« stöhnte er und lehnte sich schwankend, mit geschlossenen Augen an den Obstkarren.

Im gleichen Augenblick hörte ich, wie ein Fenster geöffnet wurde und wie eine Stimme – eine schöne, mir beinahe bekannte Stimme, die aber aus dem Jenseits zu kommen schien, rief:

»Oh! ... Ihr seid es, Marco! Epaminonda! Kommt schnell herauf!«

Und das Fenster wurde wieder geschlossen. Die Rolläden knirschten, als sie wieder herabgelassen wurden.

Ich hatte immer noch nicht hingeschaut,

hatte nichts gesehen, aber … Der Herrgott bewahre das Menschenherz vor so entsetzlichen Erlebnissen! Lieber den Tod erleiden …

*

Als gingen wir zum Begräbnis, betraten wir den Hof, dann das Haus – und wurden geleitet von Neranzula, ja, unserer Neranzula, einer schönen jungen Frau im Morgenrock und in Pantoffeln, schön und rein wie jede jungfräuliche Seele, die den Unschuldsblick eines Kindes hatte und überhaupt nicht geschminkt war. Ihr reiches Haar, das ›à la hongroise‹ hochfrisiert war, stellte ihre ganze Koketterie dar.

Sie erwartete uns an der Schwelle zum Vorsaal, nahm uns beide lebhaft bei der Hand und drückte sie:

»Mein Gott … Marco … Epaminonda … Ich dachte, ihr seid gestorben! Was macht ihr denn für Gesichter? Kommt in mein Zimmer! … Wir haben uns viel zu erzählen … Wie schön ihr ausseht mit euren Bärten! … Aber wie schaut ihr mich an; das gefällt mir nicht. Was ist denn los?«

Dann, während sie uns hinter sich herzog, riß sie die Tür zum Salon auf und rief mit schneidender Stimme:

»He! *Cafegiu!* Drei türkische mit Schaum, und Zigaretten ›Regale‹! In mein Zimmer!

Und man soll mich heute nicht mehr stören! Verstanden?«

»Aber, meine Tochter ...«

Im Salon, in dem drei Seeleute und drei junge Frauen, richtige Liebhaberinnen, Kaffee tranken, hatte eine dicke *țața*, eine richtige *codoșcă*, diese Worte gegreint, die von Neranzula wütend unterbrochen wurden:

»Was? Was sagst du?«

»Aber ... Anicuța ... meine Schöne ... du kannst doch nicht mit solchen ...«

»Mit solchen ... was? Aha!«

Mit dem Fuß stieß sie einen Schemel um und zerschlug eine Vase, die darauf stand.

Die *țața* begann zu zetern:

»Anica! Anicuța! Du bist ja völlig verrückt, Mädchen! Zum Teufel! Du läßt ja gar nicht mehr mit dir reden! Das hat man davon, wenn man die Kinder zu sehr verwöhnt!«

Drauf und dran, sie zu zerfleischen, vor Wut strahlend, folgte Neranzula mit funkelnden Blicken den Bewegungen der Puffmutter, die die Scherben auflas und sie dem *cafegiu* in die Schürze sammelte. Der lief unterwürfig hinaus. Die *țața* ging verärgert, aber ohne ein Wort zu sagen, in den Salon zurück.

»Kommt! Ich freue mich so, euch wiederzutreffen« sagte, uns wieder bei der Hand fassend, jene, die jetzt in dem ›Haus erster

Klasse‹, das wir nach fünfjährigen Nachforschungen gefunden hatten, Anicuța genannt wurde.

Ohne ein einziges Wort hervorzubringen, schritten wir durch einen langen Korridor, dann durch einen kleinen Saal und wurden schließlich in einem größeren Zimmer gebeten, Platz zu nehmen.

Hier erinnerte nichts an die Entsetzlichkeit eines am Graben gelegenen Hauses. Alles, was wir von der Ordnung und Unordnung dieser Häuslichkeit wahrnahmen, war so unschuldig und kindlich, daß ich mich ernsthaft fragte, ob ich nicht einer Sinnestäuschung zum Opfer gefallen sei.

Die Decke war ganz mit großen blühenden Akazienzweigen geschmückt, deren Duft uns betäubte. Eine dicke Schicht welker Blüten bedeckte den Fußboden und die Möbel. Das mit Verzierungen reich versehene Bett war ein großes Puppenbett, doch statt einer Puppe thronte Leu darauf wie ein Pascha. Überall wies die schöne Bettdecke Spuren seiner schmutzigen Pfoten auf. Der Hund sah uns mit neu erwachtem Interesse an, wedelte freundlich mit dem Schwanz und sprang auf den Boden, um uns endlich eingehend zu beschnuppern:

»Habt ihr ihn gleich wiedererkannt?« fragte unsere arme Freundin.

Es gelang uns nicht, den Mund aufzutun.

Wie zwei Idioten suchten wir im Blick des anderen nach einem präzisen Gedanken, einem Ausweg, einer Haltung.

»Na aber! … Meine Freunde! … Warum seid ihr denn so verlegen? Hier: Vielleicht läßt euch das ein bißchen auftauen …«

Sie schlang uns die Arme um den Hals und gab jedem einen Kuß auf die Wange, dann begann sie auf zwei Diwanen herumzuhopsen, die in geringem Abstand voneinander mitten im Zimmer standen, und sang dazu ihren unvergeßlichen Refrain, wie früher, wenn sie über den Graben sprang, der sie fast das Leben gekostet hätte:

Neranzula fundoti!
Neranzula fundoti!

Als die Vergangenheit so lebhaft heraufgerufen wurde, schwellte uns, Epaminonda und mir, zu gleicher Zeit eine Flut bitteren Schmerzes die Brust … Unsere Lippen begannen zu zittern … Tränen entsprossen unseren Augen … Doch sie sah nichts davon. Groß, schön und wohlgeformt von den kleinen Füßen bis zu dem hochfrisierten Haar sprang sie hin und her, ließ uns ihre wunderschönen Beine bis zum Knie sehen und ließ ihre herrlichen Brüste tanzen, die ganze Schönheit einer Frau, die dazu geschaffen ist, daß die Männer sich ihretwegen umbringen.

Der *cafegiu* trat mit seinem nickelglänzenden Tablett ins Zimmer. Wir wandten ihm den Rücken zu und trockneten uns verstohlen die Tränen. Neranzula nahm das Service aus den Händen des Dienstboten, der sofort verschwand, und stellte es auf einem kleinen Tisch ab, den sie zwischen die Diwane rückte; sie zog sich einen Sessel heran, nahm darin Platz und hielt die Kaffeetasse auf den Knien. Dann steckte sie sich ruhig und ernst eine Zigarette an und betrachtete uns freundlich. Wir standen noch immer:

»Kommt«, sagte sie und schlug mit den Händen auf die Diwane. »Kommt, ihr Schmoller ... Hier ... Der eine setzt sich rechts von mir, der andere links, damit es keinen Streit mehr gibt wie damals, in der Zeit der Brombeeren ... Und um Gottes willen, sagt endlich etwas! Hat euch meine Schönheit auf einmal die Sprache verschlagen? Bin ich wirklich so schön?«

(Wir begannen zu stottern.)

»Schööön ... Neranzula ... schön wie ein Diamant, der in der Sonne glänzt!«

»Schööön ... Neranzaki ... schön wie die Träume unserer Kindheit ...«

»... Aber wie schade ...«

»... Ja, schade ...«

»... Daß der ganze Schatz in einem *Graben* verscharrt ist!«

»... Dieser Zauber und dieser Glanz von der Gemeinheit befleckt!«

»... Schimmernde Perlen, den Schweinen vorgeworfen!«

»... Ein feiner Seidenschleier in der Hand eines Narren!«

»... Eine Rose in der schönsten Blütenpracht, die grausam entblättert wird!«

»... Ein prächtiger Schmetterling, den man schmählich zerfetzt hat!«

»... Und weshalb nur, weshalb nur dieser Frevel!«

»... Warst du nicht glücklich? ... Haben wir dich nicht geliebt? ...«

»... Hattest du nicht die Wahl zwischen unseren Freundesherzen?«

»... Oh, wieviel verschmähte Zärtlichkeit!«

»Oh, wieviel zerschmetterte Liebe!«

*

Reglos, nur mit der Zigarette beschäftigt, hörte uns Neranzula mit ihren schönen großen kohlenschwarzen Augen zu, und die Lider mit den übermäßig langen Wimpern blinzelten unaufhörlich, als wären sie von einer Säure versengt. Doch ihr Gesicht gab nichts preis. Ihr Atem schien zu stocken. Nur die beiden Finger, die die Zigarette hielten, berührten immer wieder für einen Moment die Lippen.

So ließ sie uns unsere Wehklagen herausschreien, bis wir all unsere Bitterkeit losgeworden waren. Dann, als sie merkte, daß wir schwiegen, murmelte sie, immer noch reglos, mit kaum vernehmlicher und dennoch deutlicher Stimme ohne jede Erregung:

»*Hier*, meine Freunde, liebt man nicht jene, die so ehrenhaft sprechen. Man spricht nicht vom Strick, wenn man den Gehenkten sieht, und die Gehenkten von unserer Sorte sind niemals völlig tot. So zu sprechen, wie ihr es getan habt, heißt, uns nochmals den Strick um den Hals legen: Warum verzeiht man uns niemals, daß wir den Mut hatten, sein zu wollen, was wir sind? Und ist man sich überhaupt sicher, daß wir es *gewollt haben*? – Na! … Sprechen wir von etwas anderem … Und nun setzt euch erst einmal, trotz der ›Häßlichkeit‹. Häßlichkeit gibt es überall.«

Neranzula ergriff unsere Hände, zog uns zu sich und ließ jeden auf einem Diwan Platz nehmen:

»So … das ist schön … Nehmt euch Zigaretten … Trinkt Kaffee … Könnt ihr überhaupt noch rauchen? Könnt ihr noch trinken! Einen Likör, einen guten Wein. Trinken, rauchen und einem guten Freund, den man gern hat, in die Augen sehen! Mein Gott! Marco … Epaminonda … Wie erloschen ihr seid! Ich habe gelitten, aber ihr seid es, die gestorben sind!«

»Auch wir haben gelitten!«

»Unendlich gelitten ...«

»Woran habt ihr gelitten? An eurem Kummer? Ich denke an meinen nicht ...«

Sie schob ihren Sessel zurück und sah uns mit Wärme in die Augen, bald dem einen und bald dem anderen. Dann stand sie auf, öffnete einen Schrank und kam mit einer Flasche Kognak und drei kleinen Gläsern zurück.

Wir rauchten, tranken und sahen uns in die Augen. Ich fühlte, daß wir uns wieder näher kamen.

Epaminonda fragte traurig, aber etwas lebhafter geworden:

»Ich höre, daß man dich hier Anicuța nennt ... Ist das dein richtiger Name?«

Neranzula schnellte empor wie eine Feder:

»Mein richtiger Name! Mein richtiger Name! Ich habe keinen richtigen Namen! ...«

Sie ging mit weitgeöffneten, funkelnden Augen durch das Zimmer:

»Sie nennen mich so, wie sie wollen: *sacagiță, Anicuța* oder noch anders, je nachdem, wie es ihnen ums Herz ist und wo es gerade ist. Ihr habt ›Neranzula‹ zu mir gesagt; dieses verdammte Wort Neranzula, das mich so närrisch gemacht hat, daß es mich um ein Haar das Leben gekostet hätte.«

Sie wollte noch etwas sagen, doch ein Geräusch von schweren Schritten, die sich unserem Zimmer näherten, ließ sie innehalten. Es wurde an die Tür geklopft. Neranzula öffnete. Es war die fette *ţaţa*.

»Ich hab doch gesagt, daß ich heute nicht mehr gestört werden will!« rief unsere Freundin.

»Einverstanden ... einverstanden ...« sagte die andere, während sie eintrat und uns stumpfsinnig ansah. »Aber diese Herren ... du verstehst, Anicuţa: Ich habe das Recht, meine ›Taxe‹ zu fordern.«

Angesichts dieses ›Rechtes‹ konnte Anicuţa nicht mehr Neranzula bleiben, und nicht einmal *sacagiţă*. Sie stand wie erstarrt, sprachlos mitten im Zimmer und hielt den verstörten Blick auf die *ţaţa* gerichtet, die die ›Taxe‹ in ihrer ganzen Herrlichkeit verkörperte.

»Wieviel macht es?« fragte ich.

»5 Lei pro Stunde und pro Person«, antwortete die *codoşcă* sofort, bevor ich noch mit der Frage fertig war.

Epaminonda und ich, wir fanden uns auf der Stelle bereit zu zahlen; und die häßliche Kuh ging, verfolgt von dem traurigen Blick der armen Anicuţa, hinaus. Doch sowie das Scheusal verschwunden war, schüttelte Anicuța den Kopf und wurde auf einmal wieder unsere schöne Neranzula. Sie breitete die Arme aus wie Flügel, vollführte eine Pirouette und ließ sich aufs Bett fallen, wohin Leu ihr unverzüglich folgte. Und während Neranzula den Blick auf die Schneeflocken der von der Decke herabhängenden Akazienzweige richtete, mit einer Hand den Kopf ihres Hundes streichelte und mit der anderen in der Luft lässig Figuren skizzierte, schien sie zu sich selbst zu sprechen, und dennoch tat sie es mit leidenschaftlicher Stimme.

*

»Nein, meine Freunde … euch darf ich nicht böse sein … Doch meinen wirklichen Namen werde ich auch euch nicht sagen, und nicht einmal Gott. Ich verabscheue ihn. Er erinnert mich an eine garstige, häßliche Kindheit. Und flüsterte ihn mir jemand ins Ohr, dann würde ich ihn ohrfeigen. Im übrigen habe ich ihn wohl schon vergessen.

Aber was ich nicht vergessen kann, was ich euch ahnen lassen möchte, das ist diese Kindheit. Sie wird vielleicht vieles von dem verzeihlich scheinen lassen, was ihr erdulden mußtet, weil ihr mich liebtet. Denn alles kommt aus der Kindheit, alles ruht auf ihrem Fundament: Sie ist der Zeitpunkt, da sich das Leben vor unseren weit geöffneten Augen zeigt. Wenn es sich als widerwärtige Megäre zeigt, dann verabscheuen wir es, und dann werden wir böse.

Und gerade so erschien das Leben vor meinen Augen. Die abstoßende Megäre war meine Mutter, die Tochter wohlhabender jüdischer Eltern, deren getreues Konterfei ich bin. Sie aber fühlte sich ebensowenig als Jüdin wie als Christin und lebte einzig und allein für ihre Liebschaften. Das führte dazu, daß sie von ihrer Familie, mittelmäßigen Leuten, wie sie mir sagte, aus dem Haus gejagt wurde.

Sie bereute nichts, denn sie, meine Mutter, war gewiß nicht mittelmäßig.

›Was nützt es, daß man lebt‹, rief sie oftmals aus, wenn sie mit den Nachbarinnen klatschte, ›was nützt es, daß man lebt, wenn man immer nur gähnt, bei der Arbeit, beim Vergnügen, beim Beten und bei der Liebe!‹

›Adela‹, antwortete ihr unser Hausbesitzer einmal, ›ich glaube nicht, daß Ihre Eltern an dem Tag, als Sie geschaffen worden sind, so sehr gegähnt haben, denn Sie sind ein wahres Teufelsweib!‹

›Oh, sicher nicht, Domnu' Grigore, sicher nicht! Aber an dem Tag haben sie ganz bestimmt von zwei Dingen das eine getan: Entweder sie haben *zur selben Zeit* das Geld gezählt, das sie tagsüber eingenommen hatten, oder meine Mutter hat sich von unserem *pimnicer** küssen lassen. Deshalb bin ich in der Familie eine Fremde geblieben: Meine Brüder und Schwestern schlafen alle im Stehen, was beweist, daß meine Mutter zur Zeit ihrer Empfängnis Fliegen gefangen hat!‹

Unser Hausbesitzer hatte recht, wenn er behauptete, sie sei ein ›wahres Teufelsweib‹: Meine Mutter gähnte nicht, sie gab sich nicht mit Fliegenfangen ab. Der ganze Marktflecken, in dem wir wohnten, war hinter ihr her. Man riß sich um sie, denn sie mußte ihr Brot im Schweiß ihres Angesichts verdienen. Aber sie tat es voller Übermut und Frische und hatte von früh bis spät ein Lied auf den Lippen; dennoch verabscheute ich diese Frau, die von allen geliebt wurde. Wir waren Feinde von dem Augenblick an, als mein Blick zum erstenmal auf ihr Gesicht fiel, das mich haßerfüllt anstarrte. Denn mein Zur-Welt-Kommen bedeutete ein Hindernis für die von ihr beanspruchte Freiheit, sich herumzutreiben.

Niemals sprach meine Mutter meinen Namen aus, ohne ihm zugleich die Worte *belea* oder *pacoste* hinzuzufügen.**

* Bursche, der den Wein aus dem Keller holt. (Anm. d. Autors)

** Pech, Mißgeschick. (Anm. d. Autors)

›Komm her, *belea*, damit ich dich säubern kann. Mach dich fort, *pacoste*, damit du mir aus den Augen kommst!‹

Und ob sie mich zu sich rief oder mich davonjagte, niemals geschah es, ohne daß sie mich weidlich verprügelte, ohrfeigte oder an den Haaren zog. Die ganzen Kinderjahre über sind die blauen Flecke auf meinem Körper nur verschwunden, um neuen blauen Flecken Platz zu machen, und meine Kopfhaut blieb keinen einzigen Tag von Schmerzen verschont. All das geschah lautlos und insgeheim, im Zimmer bei verschlossener Tür. Und um so schlimmer für mich, wenn es mir in den ersten Jahren manchmal noch in den Sinn kam zu schreien. Ich mußte auf dem Fußboden liegen und wurde mit einem Kissen geknebelt: So mußte ich die Dreistigkeit büßen, angesichts der heftigen mütterlichen Schläge geschrien zu haben.

›Hündin!‹ heulte sie, ›du bist das Unglück meines Lebens! Ich war nicht dazu geschaffen, Mutter zu werden, aber du hast dich in meine Eingeweide gekrallt wie die Zecke ins Tierfell! Ich schlafe zu meinem Vergnügen mit deinem Vater, aber nicht, um Bälgern wie dir das Leben zu schenken!‹

Mein Vater ... Sie meinte: *ihr Liebhaber*, kraftstrotzend und roh wie sie selbst, verheiratet und Vater dreier Kinder. Was das Geständnis anging, daß sie zu ihrem Vergnügen zusammen schliefen und nicht, um mir das Leben zu schenken, so zweifelte ich keineswegs daran. Das geschah seit eh und je vor meinen Augen und Ohren; und es war das allerletzte, was ich ihr vorgeworfen hätte, denn nichts amüsierte mich mehr, nichts entschädigte mich mehr für die rauhe Behandlung, die ich erfuhr, als dieses ›Vergnügen‹.

In Wirklichkeit war es weniger ein Vergnügen als eine Raserei.

Mit vier Jahren verstand ich noch nichts von diesen Vorgängen, und ich war entsetzt, ohne etwas davon zu äußern. Nichts, gar nichts verstand ich übrigens bis zum Schluß (einem Schluß, der mich überraschte, als ich kaum zehn Jahre alt war), doch wenn ich in meiner Unerfahrenheit die menschliche Bedeutung ihres Rasens auch nicht kannte, habe ich doch mit der Zeit gelernt, daß diese ganze nächtliche Verwüstung nicht das Haus über meinem Bett zusammenstürzen ließ, wie ich anfangs befürchtet hatte, und daß ich ohne jede Gefahr für mich alles sehen und hören konnte.

Die Roheit, mit der ich gehindert wurde, meine Angst zu äußern, zu weinen und um Hilfe zu schreien, war das erste Leid, das ich schon in der Wiege kennenlernte, gleichzeitig mit den Schlägen. Und wenn andere Kinder zuerst die Zärtlichkeit der Worte Mama und Papa begreifen, dann habe ich die Strenge der furchtbaren Drohung begriffen, die den Ohrfeigen folgte: ›*Scht! Scht! Sei still, oder ich erwürge dich! Paco-ste! Belea!*‹ Das Gesicht, das sich über meines beugte, und der Mund, der diese schrecklichen Worte ausstieß, gehörten meiner Mutter. Was den ›Vater‹ betrifft, so kam er nicht zu meinem Bett, weder um mich zu mißhandeln noch um mich zu schützen oder zu liebkosen. Ich existierte für ihn nicht, wie sogar seine legitimen Kinder nicht für ihn existierten. Ach, er war ein Mensch von dem Stoff, aus dem auch meine Mutter gemacht war.

Unter meinen Decken zusammengekauert und mit angehaltenem Atem sah ich ihn spät in der Nacht eintreten, einen großen, starken, schnurrbärtigen, schwarzbraunen Kerl mit gerunzelten Augenbrauen und schräg aufgesetztem Hut. Meine Mutter erwartete ihn, nachdem sie alles gewischt und gewienert hatte, mit kaltem Braten und Weinflaschen auf dem Tisch. Rasch warf sie sich ihm an den Hals und biß ihn, daß das Blut kam. Da stieß er das erste Geheul aus, biß sie seinerseits und brachte auch sie zum Heulen. Das war ihr ›Guten Abend‹, ihr Begrüßungskuß. Ich entsinne mich, daß ich später, als ich frei war, beobachten konnte, daß die Stiere und Kühe in ihrem Verhalten mehr Zartgefühl an den Tag legen.

Übrigens hatten meine Eltern etwas von der Anmut und Natürlichkeit dieser Tiere und auch deren ganze Ungeniertheit.

Während des Gelages waren sie aufrichtig wie die Schweine, in ihrer rohen Art, die Speisen hinunterzuschlingen. Wenn ihnen dann allmählich der Wein zu Kopf stieg, traten ihnen die Augen aus den Höhlen und glänzten feucht wie die des männlichen Tieres in der Brunst. Es war wirklich ein schöner Anblick, um so mehr als sie sich im Juli wie im Dezember völlig auszuziehen pflegten, was mir großes Vergnügen bereitete; denn ihre herrlich geformten Körper boten bei der geringsten Bewegung einen recht anmutigen Anblick.

All das fand ich schlicht, natürlich, angenehm, unterhaltend, und so vollbrachte ich wahre Kunststückchen an Verschlagenheit, um nicht dabei überrascht zu werden, daß ich sie belauschte, obwohl sie sich nicht im geringsten um mich kümmerten.

Weniger schlicht und viel ausgelassener wurden sie nach dem Gelage, als sie sich, ähnlich zwei prächtigen Hähnen, aufeinander stürzten, um sich zu beißen, als sie durch das Zimmer rannten, die Möbel anstießen, die Stühle umwarfen und darin wetteiferten, wer am besten beißen konnte, ohne selbst gebissen zu werden (aber ich glaube, daß ihr Vergnügen in dem einen Fall ebensogroß war wie im anderen). Jedoch wenn ihr, meiner Mutter, mehrere aufeinanderfolgende Mißerfolge beschieden waren und wenn ihr Gegner sie unaufhörlich quälte, dann wuchs ihre Raserei ins Maßlose, so daß ich glaubte, sie würde jeden Moment den Verstand verlieren. Deshalb waren ihre Bisse nach diesen Niederlagen um so fürchterlicher. Dann brüllte er mit gestrecktem Hals auf wie ein Stier, packte sie, hob sie hoch und trug sie in seinen Armen durchs ganze Zimmer.

Wenn ich sie so schön, so geschmeidig, so wohlgebaut sah – ihn mit gekräuseltem, sie mit gelöstem Haar, während die Körper beider mit Dutzenden von blauen Flecken bedeckt waren, die die Spuren der Zähne zeigten –, dann, und nur in diesem Augenblick, liebte ich sie wirklich rückhaltlos.

Danach liebte ich sie nicht mehr. Sie bliesen die Lampe aus und stöhnten und schrien wie Kranke. Ich verstand nicht, was geschah, und eben dies war eine Qual für mich.

Doch etwas anderes als Qual rief in mir das Ende dieses nächtlichen Geschehens hervor; da begann ich sie zu verachten.

Es folgte ein kurzer Schlummer, und

dann vernahm ich die Stimme meiner Mutter:

›Ach! ... Was für ein Leben! ... Was für ein Leben ist das! ... Ich habe es satt ... Du mußt wählen, mein Lieber, wählen zwischen *ihr* und mir ... So kann es nicht weitergehen. Ich verliere noch den Verstand ...‹

Das war das Signal. Meistens schwieg er zunächst ziemlich lange, dann sagte er:

›Laß mich in Frieden ... Ich kann nicht, wie ich möchte ... das weißt du doch ...‹

So gibt ein Wort das andere, und schließlich stehen sie auf. Sie zünden Licht an. Er zieht sich verdrießlich an. Sie, noch im Hemd, verfolgt ihn solange mit ihren Beschimpfungen, bis ihr die erste Ohrfeige ins Gesicht klatscht. Dann regnet es eine Stunde lang Schläge und Beschimpfungen, wobei keiner dem andern etwas schuldig bleibt, denn meine Mutter war auf Grund ihrer schweren körperlichen Arbeit sehr kräftig und draufgängerisch.

Ach, diese gehässigen Blicke, diese abstoßenden Gesichter! ... Was für scheußliche Bestien sie dann waren! ... Von Angst gequält, fragte ich mich gegen Morgen, wann er gehen und die Tür hinter sich zuknallen würde und wieviel blaue Flecke *ich* an diesem Tag davontragen würde: *ich, die an ihrem Unglück schuld war.*

Diese Begegnungen, bei denen sie sich wie wilde Tiere aufführten, waren damals, als ich zu vollem Bewußtsein gelangte, recht häufig, und manchmal fanden sie Nacht für Nacht statt; später zwei- bis dreimal pro Woche, dann wurde es Jahr für Jahr seltener, doch dafür wuchs die Heftigkeit ihrer Beschimpfungen und Schläge nur noch an.

Meine Mutter war von barbarischer Eifersucht. Um ihrer Rivalin unheilbare Krankheiten zu ›schicken‹, warf sie bei Vollmond Frösche in ihren Hof, denen sie den Mund mit Quecksilber gefüllt und danach zugenäht hatte. Die Frau ihres Liebhabers rächte sich, indem sie unsere Fensterscheiben mit Kot beschmierte. Morgens mußte ich helfen, diesen stinkenden Unflat abzuwaschen, wobei ich vor Ekel weinte und Schläge bezog.

Es passierte mitunter, daß die beiden Frauen, die sich allzu aufmerksam bespitzelten, einander unerwartet gegenüberstanden. Dann versammelten sich alle Einwohner des Ortes, damit sie etwas zu lachen hatten; ohne einander allzu großen Schaden zuzufügen, zogen sie sich dann an den Haaren und spien sich ins Gesicht. Aber es erregte ein unglaubliches Aufsehen. Und die Leute, die meine Mutter ihrer Beherztheit wegen liebten, fragten sich, wie eine

Jüdin ein so ordinäres rumänisches Verhalten annehmen konnte.

Sie konnte es, und sie sank immer tiefer, so tief, daß sich schließlich ein religiöser Wahn ihres Verstandes bemächtigte und sie völlig denkunfähig machte. Unser Zimmer wurde von den Ikonen sämtlicher Heiliger der orthodoxen Kirche überschwemmt. Kerzen und ewige Lämpchen brannten in allen Winkeln. Die Popen hielten Einzug in der Wohnung der Jüdin. Und die Jüdin empfing die Taufe, von der sich die Unglückliche einen ›Wandel‹ in der Haltung ihres ›christlichen‹ Geliebten erhoffte, der sich seinerseits einen Dreck um *diese ganzen Popengeschichten* scherte.

Ein Wandel vollzog sich gewiß, aber gerade im entgegengesetzten Sinne; wenn meine Mutter früher sauber und arbeitsam gewesen war, wurde sie jetzt eine schmutzige, liederliche, arbeitsscheue Frömmlerin. Läuse tauchten in unserem Haar auf. Das Elend nötigte uns zum regelmäßigen Fasten, das den Popen so willkommen ist, wenn es sich um ihre eigenen Schäflein handelt. Der Geliebte kam noch ein-, zweimal, er fand, daß meine Mutter ›eine Ehefrau‹ wurde ›wie alle anderen‹ und entfernte sich von ihr.

Ich war neun Jahre alt. Völlig heruntergekommen, weil er sie verlassen hatte, lief die schöne Adela von einst nur noch auf der Straße herum und spionierte ihrem Mann nach, seinem Kommen und Gehen, und flehte ihn kläglich an, doch ›noch einmal‹ wiederzukommen, wenigstens noch ›ein letztes Mal‹, während ich zerlumpt und völlig verwahrlost von Haus zu Haus vagabundierte, um ein Stück Brot zu erhaschen.

Eines Abends kam ich dazu, wie sie sich eben an einer Straßenecke unterhielten. Sie war betrunken.

›Komm, mein Liebling … komm oder ich hänge mich auf …‹

Von Mitleid gerührt, sagte er sanft, während er ihr die Hand streichelte:

›Arme Adela! … Es tut mir in der Seele weh, aber, ehrlich gesagt, du riechst nach Branntwein wie eine *rachigiță* … Und es ist so schmutzig bei dir zu Hause!‹

Das traf sie wie ein Blitzstrahl. Sie verkaufte ihren letzten Schmuck, ein schönes Armband, reinigte die Wohnung, machte sich schön, fast verführerisch, und schaffte es, ihren ›Liebling‹ zurückzuholen.

Es war eben Herbst … Die Kälte zwickte schon recht heftig, und meine Mutter machte Feuer. Ich wäre eigentlich froh gewesen, wenn ich, von meinem Bett aus hinüberschielend, gesehen hätte, wie sie sich ›noch einmal‹ liebten, aber gerade an jenem Abend hatte mich meine Mutter nach einem ziemlich langen Frieden völlig grundlos grausam geschlagen und mit leerem Magen ins Bett geschickt. Als ich sie nun eine gebratene Gans vertilgen sah, schluckte ich meinen Speichel hinunter und haßte sie tödlich.

Die Armen ... Wie hätte ich ahnen können, daß für sie der Tod schon gegenwärtig war! ... Er wäre es auch für mich gewesen, wenn sie mich nicht so hartherzig behandelt hätten; das hielt mich wach und rettete mir einzig und allein deshalb das Leben, weil ich in meinem Heißhunger nur darauf wartete, sie schlafen zu sehen, um mich auf die Reste ihres üppigen Mahls zu stürzen.

Dieser Moment nahte kurz nach Mitternacht heran, nach der üblichen Verwüstung, als meine Mutter ein letztes Mal unter Beweis stellte, daß sie – obwohl sie schon an den Tod dachte – keineswegs Fliegen fing, während sie mit der Liebe beschäftigt war.

Sie hatten sich in einem Zustand zu Bett gelegt, in dem ich sie noch niemals gesehen hatte, völlig abgestumpft und regelrecht torkelnd. Vor allem er schien einen bleiernen Schädel zu haben; ich hörte ihn als ersten schnarchen, denn beide pflegten immer gleich nach dem Einschlafen zu schnarchen. Eben will ich aus dem Bett schlüpfen, um im Dunkeln tappend ein Stück Gans zu stibitzen, das ich mir ausersehen habe, als meine Mutter aufsteht und Licht macht. Schnell schließe ich die Augen und stelle mich tot. Sie beugt sich über mich – ich fühle ihren unerträglichen Schweißgeruch –, dann höre ich, wie sie hinausgeht und im Hof herumstolpert, von wo das Geräusch eines Platzregens hereindringt.

Es dauert ziemlich lange, bis sie zurückkehrt. Als sie eintritt, legt sie ein Bündel auf dem Boden ab, löscht das Licht und kriecht sofort wieder ins Bett.

Da schlage ich die Augen auf und sehe nach, was sie hereingebracht hat, doch im gleichen Augenblick betäubt mich ein Geruch nach Kohlengas. Mitten im Zimmer, in der tiefen Finsternis glänzt ein winziges Feuer: Ihr ist kalt, deshalb hat sie Feuer gemacht, aber warum hat sie es nicht im Ofen angezündet? Es macht Kopfschmerzen!

In dem tiefen nächtlichen Schweigen richte ich mich auf und lausche; er schnarcht immer noch; meine Mutter rührt sich nicht, und die Glut leuchtet immer stärker, es knistert und stinkt ganz schrecklich. Ich habe keine Lust mehr zu essen, nein, es ist mir, als müßte ich mich übergeben.

Vorsichtig steige ich aus dem Bett, suche

meine Kleidungsstücke zusammen und lasse sogar das Stück Gans auf dem Tisch, dann mache ich die Tür auf und verlasse vorsichtig das Zimmer und schließe die Tür hinter mir; *damit sie schlafen können und nicht frieren müssen*, dachte ich aus Furcht, daß ich am nächsten Morgen noch mehr geschlagen werden könnte als gewöhnlich.

Ich wurde nicht mehr geschlagen, denn am anderen Tag war ich ein Waisenkind, das dank der Grausamkeit seiner Mutter, die es ohne Abendbrot ins Bett geschickt hatte, dem Tod entgangen war.

Nachdem ich eine Nacht im Heu der Scheune verbracht hatte, betrat ich morgens in Begleitung einer Wohnungsnachbarin ängstlich unser Zimmer: Meine Mutter und *ihr Grieche* waren tot, erstickt.«

*

Als Neranzula das letzte Wort ihrer Geschichte gesprochen hatte, tat sie einen Sprung vom Bett und landete mitten im Zimmer:

»Das ist alles«, sagte sie. »*Es wird ihnen viel vergeben werden, denn sie haben viel geliebt* ...«

Und dann kam sie zu uns, umarmte und küßte uns und sagte:

»... Ob auch mir viel vergeben wird?«

Epaminonda sah verstört aus und war mit den Gedanken woanders; er dachte an das gleiche wie ich selbst, und er sagte es kaum hörbar:

»Dein Vater war also Grieche ...«

Neranzula antwortete erbebend:

»Grieche? Das habe ich nicht gesagt!«

»Doch ...« sagte ich mit Nachdruck, »du hast gesagt: ›Meine Mutter und *ihr Grieche* waren tot‹ ...«

»Was kann euch das schon angehen!« rief sie gereizt.

Es ging uns verflucht viel an. Und sie wußte es genausogut wie wir, denn die Wahrsagerin aus den Sümpfen hatte ihr, als sie in ihren Handlinien las, gesagt: ›Dein Leben wird furchtbar sein, und *dein Schicksal ist mit dem eines Burschen verknüpft, der von der gleichen Rasse ist wie dein Vater.*‹

Dieser Bursche war also Epaminonda. Ich glaubte es. Er glaubte es auch, ich merkte es an seinem Blick, der nahezu hart für mich geworden war und der klar und deutlich besagte: *Von uns beiden bin ich es, der von der gleichen Rasse wie ihr Vater ist; Neranzulas Schicksal ist also mit meinem verknüpft, sie gehört mir.*

Ich fühlte, daß ich von diesem Augenblick an nicht mehr auf die Zuneigung meines Freundes zählen durfte. Nachdem wir fünf Jahre lang im Leid vereint gewesen waren, konnten wir es nicht mehr sein in dieser herzzerreißenden Freude, bei der das fleischliche Verlangen und die reine Freundschaft einander entgegenstehen. Epaminonda wurde wieder mein Gegner wie zur Zeit des Wasserleitungsbaues, als wir uns am Rand eines Grabens kennengelernt hatten, der Neranzula zum Verhängnis werden sollte. Und heute vereinte uns alle drei von neuem ein anderer Graben – der Graben der öffentlichen Mädchen von Brăila. Doch für wie lange? Und auf welche Weise? Und wem von uns dreien würde dieser Graben zum Verderben gereichen?

Wir verharrten in Schweigen, und jeder ermaß den Abgrund unseres gemeinsamen Schicksals, als uns ein lautes Klopfen an der Tür aufstörte! Neranzula öffnete. Die schreckliche *țața* erschien wieder. Sie schnaubte sofort los und brachte ruckartig die Worte hervor:

»Es ist soweit, mei-ne Her-ren! Meine Ta-xe bitte!«

Angesichts dieses wilden und unerwarteten Zurückrufens in die traurige Wirklichkeit war unsere Freundin wie versteinert. Man hätte meinen können, daß ihr dies zum erstenmal geschähe. Wir wühlten hastig in unseren Taschen, warfen der *codoșcă* ihre kostbare Taxe hin und jagten sie hinaus. Sie ging und klimperte mit den Münzen in der Hand.

Das Tageslicht nahm schweigend ab. Die Angst drückte uns nieder. Eine Stunde lang sprach keiner von uns ein Wort. Neranzula saß auf ihrem Bett, Epaminonda und ich auf unseren Diwanen, wir rauchten eine Zigarette nach der anderen und vermieden ein Zusammentreffen unserer Blicke. Unsere Niedergeschlagenheit war so groß, daß Leu ganz außer sich war und unaufhörlich gähnte und kläffte.

»Geh spazieren!« sagte seine Herrin schließlich.

Der Hund verstand sofort, er sprang und drückte mit beiden Vorderpfoten auf die Türklinke, so daß sich die Tür einen Spalt öffnete. Er schob seine Schnauze dazwischen und schlüpfte hinaus.

Kaum war er draußen, als das Poltern rasch fortbewegter Krücken, das im Korridor ertönte, durch die offene Tür zu uns drang. Neranzula zündete die große Petroleumlampe an der Decke an, lief und fing den Krückengänger in ihren Armen auf: eine gespenstische Erscheinung.

Es war ein kleiner, junger Mann, der etwa so alt sein mochte wie wir, aber nur ein Skelett mit wächserner Haut war, hohläugig – wenn es auch schöne, träumerische Augen waren – und mit einem Schnurrbart, der kaum dichter war als seine Augenbrauen, einer ganz durchsichtigen Nase und Lippen, die sich an den schönen Zähnen festgesaugt hatten wie zwei hungrige Blutegel. Er hielt den Hut in der Hand und lachte, und dieses Lachen war so aufrichtig, daß es mir ins Innerste drang.

»Nun, Aurel!« sagte Neranzula zärtlich und führte ihn behutsam zu dem Sessel, »hast du dich tüchtig vergnügt in deiner Gesellschaft?«

Etwas atemlos, mit melancholischem Bedauern in der Stimme, antwortete der Gebrechliche:

»Tüchtig … Man vergnügt sich nicht tüchtig, wenn man in meiner Lage ist, und noch dazu in einer ›Gesellschaft‹ von Leuten, die nur Mitleid für mich haben …«

Als er dies sagte, bedachte er uns mit einem verwunderten Blick. Als Neranzula nun Erklärungen gab, erregte sie auch unser Befremden:

»Das sind zwei Freunde, zwei alte Freunde, die du nicht wiedererkennst, an die du dich aber erinnern wirst, wenn ich dir sage, daß diese Bärtigen Marco und Epaminonda sind, die beiden tapferen Jungen, die mich sonntags und donnerstags im Krankenhaus besucht haben, als ich mir den Schädel gebrochen hatte.«

Bei diesen Worten wurde das Gesicht des Krückenträgers ernst und betrübt.

»Ah! …« sagte er, »ich erinnere mich,

dann ... Dann hast du diese beiden Freunde meinetwegen verlassen ... Jetzt ... laßt mich ... Auf diese Überraschung war ich nicht gefaßt ...«

Auch wir waren keineswegs darauf gefaßt! ... Dieser Verstümmelte ... Neranzula hatte uns seinetwegen verlassen! ... Warum?

Unsere Blicke, die unseren Wunsch ausdrückten, die Wahrheit zu erfahren, waren auf ihr erregtes Gesicht gerichtet. Zum Zeichen des Einverständnisses schloß sie sanft die Augen und half Aurel bis zur Tür, die noch offenstand, deren Rahmen aber gerade in diesem Augenblick von der schrecklichen *țața* ausgefüllt wurde.

»So vergnügt ihr euch, meine Kinder, bei offener Tür?« quäkte sie.

»Was ist los? Wollen Sie Ihre Taxe?« fragte Epaminonda mit Grabesstimme.

»Nun ja, mein Junge! Seit gut zwei Stunden habe ich euch in Ruhe gelassen.«

Neranzula schrie auf wie ein Tier, das erdrosselt wird, ließ den Verkrüppelten los, rannte zu einer Kommode, nahm aus einer Schublade einen Haufen Schmuckstücke und warf sie blitzschnell ihrer Chefin ins Gesicht:

»Da! Du stinkende Vettel! Friß dich satt an deiner Taxe! Und laß uns in Frieden bis morgen früh! ...«

Dann faßte sie wieder Aurel beim Arm und entfernte sich mit ihrem Schützling.

Die *ţaţa* wurde blaß und suchte Halt am Türpfosten:

»Ach! Das ist wirklich der Gipfel! Noch nie hat jemand gewagt, ›stinkende Vettel‹ zu mir zu sagen! Wenn ihr wüßtet, wie gut ich zu dem Kind war und immer noch bin! Ohne mich würde sie heute Lumpen sammeln … Mein Gott! … Ich habe doch wohl das Recht, meine Taxe zu fordern … Sie schuldet mir einen ganzen Haufen Geld, sie ist so verschwenderisch … Ach Gott, ach Gott! Welch eine Schande!«

Wir lasen die auf dem Boden verstreuten Schmuckstücke auf und schoben der großzügigen *codoşcă* einen Hundertleischein in die Hand:

»Gehen Sie, und kommen Sie jetzt nicht mehr wieder!« sagte ich ihr.

»Wie denn, ich soll nicht mehr wiederkommen?« rief sie. »Ihr wollt doch nicht für einen Hundertleischein mein schönstes Mädchen mit Beschlag belegen! Im Salon warten drei ›feine‹ Herren, die sie haben wollen. Sie kommen immer nur ihretwegen. Und das sind Kunden, die teure Getränke für alle bezahlen, die sind ganz anders als ihr …«

»Aber, Frau, wir sind doch keine Kunden …«

»Ihr seid keine Kunden! Was denn dann? Herzensfreunde? Das erlaube ich nicht in meinem Haus! Und noch dazu zwei auf einmal! O nein! Ihr macht mir Spaß! … Da sieh nur einer diese Anicuța an! Sie soll mir erst mal die viertausend Lei zurückzahlen, die sie mir schuldet. Wenn sie sich dann wieder was borgen will, soll sie sich selber kümmern!«

Und damit schlug die *țața* die Tür zu und verschwand. Epaminonda und ich blieben allein und sahen uns höchst erstaunt an:

»Viertausend Lei, *moré*, Marco!«

»Viertausend Lei, Epaminonda!«

»Die arme Anicuța!«

»Die liebe Neranzula!«

»Niemals werden wir eine so große Summe aufbringen!«

»Niemals!«

»Und trotzdem muß es sein, Marco!«

»Sicher, Epaminonda, es muß sein!«

Zu jener Zeit hatte nicht jeder Orangenverkäufer zweihundert goldene Poli in seiner Geldkatze. Und schon gar nicht wir, obwohl wir jeder zwei Häuser besaßen, von denen wir leben konnten. Ja, wir lebten davon, doch brachten sie uns nicht täglich 100 Lei ein, die wir einer *țața* geben mußten, damit sie uns in Ruhe ließ, wenn wir bei unserer Neranzula waren, ihrer Anicuța, die von ›feinen‹ Herren im Salon erwartet wurde!

»Ich gehe nicht mehr von hier fort!« rief Epaminonda und griff nach seinem Messer, das im Gürtel steckte.

Und rasch entschlossen wir uns, je ein Grundstück zu verkaufen, um Neranzulas Schuld zu bezahlen, sie aus dem Graben zu befreien, und dann …

Und ebenso rasch begann jeder die Gedanken des andern zu erforschen, um zu ergründen, was er wohl mit der Neranzula anzufangen gedächte, wenn sie erst einmal frei wäre.

Arme, edelmütige Jugend! Nur du kannst rasch die unmöglichsten Entscheidungen treffen. Nur du schließt auf verehrungswürdige Weise die Augen vor der grausamen Offensichtlichkeit.

Denn offensichtlich war, daß wir an dem Tag, da Neranzula frei sein würde, nicht *zwei Strohhalme an drei Esel verteilen* konnten, wie das Sprichwort sagt, und noch viel weniger eine ehrenwerte Frau an zwei ehrenwerte Männer. Doch jener Tag war noch nicht gekommen, und einstweilen waren wir glücklich, unsere Freundin mit Beschlag belegen, sie betrachten und anhören zu dürfen.

*

»Oh!« sagte Neranzula, als sie zurückkam, »ich bin sicher, sie hat euch erzählt, daß ich sie 4000 Lei gekostet habe! Das erzählt sie allen, und jeder gibt ihr ein paar Poli, damit meine Schuld kleiner wird; aber die Schuld wird trotzdem nicht kleiner ... Das kenne ich schon.

Es ist wahr: Zu einem Zeitpunkt, wo ich in meiner Naivität an die Großzügigkeit der Menschen glaubte, hat sie mir ein paar größere Geldsummen geliehen ... Übrigens war es nicht für mich, sondern für Aurel; ich glaubte, daß er geheilt werden könnte. Ach! ... Wie weh mir all das tut!

Der arme Aurel, den ihr gesehen habt, ist dem gleichen Unfall zum Opfer gefallen wie ich: Auch er ist in den Wasserleitungsgraben gefallen, etwa ein Jahr vor mir, und dieser Sturz, der eine Kompression seines Rückenmarks hervorrief, hat schließlich zu einer Lähmung der unteren Körperhälfte geführt. Außerdem leidet er an angeborener Schwindsucht.

Doch was für ein glückliches Naturell er hat! ... Niemals schreit er, niemals klagt er, niemals ist er schlechter Laune. Er war der am schwersten Betroffene auf unserer chirurgischen Station; und trotzdem brachte er alle im Krankenhaus zum Lachen und erwies trotz seiner Lähmung jedem, der ihn darum bat, einen Dienst! ... Einem, der den

Arm in der Binde trug, rollte er jedesmal die Zigaretten; einen andern, der sich nicht bewegen konnte, fütterte er, er putzte ihm die Nase, er kratzte ihn, wenn es ihn juckte; Analphabeten schrieb er Briefe, mit denen er zu Tränen rührte, wenn es darum ging, einen Verwandten ›anzupumpen‹, oder er rief ein tolles Gelächter hervor, wenn es galt, ›den verfluchten Patienten des Krankenhauses‹ gut zuzureden. Und da jeder Patient etwas aus der Kantine benötigte, war es schließlich Aurel, der Mann, dessen Beine gelähmt waren, der sich den Brotbeutel um den Hals hängte, seine Krücken nahm und die Besorgungen erledigte. Das war eigentlich untersagt, aber wer konnte streng zu dem liebenswürdigen Aurel sein? Vom Chefarzt bis zu den einfachsten Dienstboten liebten ihn alle.

›Au-re-e-el!‹ rief eine Krankenschwester, ›der Kranke aus Zimmer 7 will kein Wasser lassen: Sieh doch einmal nach ihm!‹

Es war nicht nötig, die Blase des Widerspenstigen anzuzapfen, nein, Aurel machte einfach den *Herrn Verwalter, wenn er böse ist*, nach. Nun war der Verwalter des Krankenhauses der übellaunigste Mensch auf der Welt und hatte alle erdenklichen Ticks. Einfach alles bewegte sich bei ihm: die Nase, die Augen, die Ohren, das Kinn, die

Lippen, die Schultern, ja selbst die Kopfhaut. Diese Teile wurden in Betrieb gesetzt je nach dem Umfang der schlechten Laune, die ihm angeboren war, die sich aber, wenn sie noch stärker wurde, in Zorn verwandelte und dazu führte, daß sich all das mit irrsinniger Geschwindigkeit und in vollendetem Zusammenklang bewegte. Oftmals trat dann sogar die Zunge ›vor die Tür‹, wie Aurel es nannte, der als einziger den ergötzlichen Verwalter nachmachen konnte, den ›Vater der Kranken‹, der ewig unzufrieden war mit dem Lauf der Dinge, der aber im Grunde ein braver Kerl war. Und wenn sich Aurel (was sehr selten geschah) tatsächlich entschloß, unseren obersten Chef nachzumachen, dann versammelten sich alle Insassen des Hauses und alle Schwestern und Pfleger um ihn im Kreis, wanden sich vor Lachen und sagten schließlich:

›Ich mußte so lachen, daß ich mich eingemacht hab!‹

Aber Aurel erwies uns auch Dienste, die uns niemand sonst erweisen konnte. Es ist bekannt, daß die Verpflegung in Krankenhäusern nicht ausreichend ist, besonders für Kranke, die nur an Frakturen leiden. So brachte uns Aurel, der selbst etwa fünfzig Prozent des Gemüses für die Krankenhausküche putzte – wobei er gleichzeitig das

Küchenpersonal erheiterte –, im Nu alles, was unser Herz begehrte, damit wir unseren Hunger stillen konnten, denn er fühlte sich in der Küche wie zu Hause und behielt für sich ungeniert alle Leckerbissen zurück, die das Personal gewöhnlich zum Nachteil der Kranken der Verwaltung vor der Nase wegstibitzt. Er verteilte sie, ohne irgendeinen Patienten zu bevorzugen, und vermied es, Neid zu erregen. Er war gerecht und dachte an alle Unglücklichen; hört zum Beweis diese Geschichte: Eines Abends brachte man einen armen Bauern, von dem man glaubte, daß er im Sterben liege, mit seinem Bett in die Leichenkammer. Er hatte das Bewußtsein verloren. Man stellte ein Nachtlicht an sein Kopfende, legte ihm ein Kruzifix auf die Brust und vertraute ihn fern von den Kranken, die sein Todeskampf erschrecken konnte, der Sorge des Allerhöchsten an.

›Er wird heute nacht sterben‹, sagte unser Krankenpfleger.

Doch Aurel war nicht davon überzeugt und stand gegen Mitternacht auf, um dem Verlassenen einen Besuch abzustatten. Welche Überraschung: Der Tote war auferstanden, und sein erster Satz bestand aus der Bitte, ihm ›ein bißchen Sauerkraut‹ zu bringen …

›Ich komme um vor Appetit nach Sauerkraut!‹ soll er vor unserem Freund ausgerufen haben, der sogleich ging und ihm eine ganze Schüssel davon holte, ihm das Essen reichte und sich wieder zu Bett legte, ohne daß jemand etwas von dem Ganzen erfahren hätte.

Ach! Diese Geschichte hatte ein beklagenswertes und zugleich erheiterndes Nachspiel, denn am anderen Morgen, als unser Pfleger ging, um den Toten zu holen und ihn ins Leichenschauhaus zu bringen, stieß er, als er die Tür aufmachte, fast mit ihm zusammen.

›Noch ein bißchen Sauerkraut, bitte!‹ rief der Tote.

Der Pfleger ergriff die Flucht, rannte durchs Krankenhaus und über den Hof, heulte laut vor Entsetzen und hielt erst wieder bei sich zu Hause an; danach wollte er um keinen Preis wieder zurückkehren, um seinen Dienst anzutreten. Der Mann ist schließlich in hypochondrische Schwermut verfallen; seinen Angehörigen ist er nur noch eine Last, während der Bauer, den er zur Leichenöffnung abliefern wollte, noch frisch und munter ist und Sauerkraut ißt, wenn er Appetit darauf hat.

Zu diesem Vorfall gesellte sich kurze Zeit später ein ungewöhnliches Abenteuer, das Aurel berühmt machte. Das Krankenhaus verfügt über eine Abteilung für Geistesgestörte, und einmal passierte es, daß einer von ihnen rasend wurde. Man beschloß, ihn auf eine besondere Abteilung zu bringen, aber die beiden Krankenwärter, die ihn fesseln sollten, wagten nicht, sich dem Unglücklichen zu nähern, denn er drohte, mit einer großen Eisenstange, die er aus dem Fenstergitter gerissen hatte, ›alle Drachen zu töten‹. Aurel erschien plötzlich in der offenen Tür und zeigte dem Verrückten eine lange goldene Kette, die er immer in der Tasche trug. Angesichts des elenden Krüppels, der sich mühsam auf seinen Krücken hielt, ließ der Verrückte ganz verdutzt seine Eisenstange fallen.

›Möchtest du nicht, daß ich dir dieses Armband anlege, mein Freund?‹ fragte Aurel und ließ die glänzende Schnur vor seinen Augen baumeln.

›Ein Armband?‹ brüllte der Verrückte, ›natürlich möchte ich ein Armband, aber die Drachen dort wollen mich fressen!‹

›Sie können dich nicht mehr fressen, wenn du das goldene Armband hast! Reich mir deine Handgelenke!‹

Folgsam kam der Verrückte mit ausgestreckten Armen auf ihn zu. Aurel flocht ihm mit seiner Schnur ganz sacht ein paar kräftige Handschellen und sagte schließlich zu ihm:

›Jetzt wollen wir vor den Drachen fliehen. Komm mit. Draußen steht mein Wagen … Schnell!‹

Alles war in wenigen Augenblicken geschafft.

Nach dieser tollkühnen Tat fragte ich Aurel:

›Und wenn dich der Verrückte mit seiner Eisenstange totgeschlagen hätte?‹

›Dann hätte er mir vielleicht einen Dienst erwiesen‹, antwortete der arme Junge.

Diese Antwort hatte mir sehr weh getan. Ich begriff, daß er im Grunde gar nicht so fröhlich war, wie es den Anschein hatte. Und da habe ich angefangen, Aurel zu lieben wie einen Bruder, und ich habe mich ihm eng angeschlossen. Wir eröffneten einander unsere Herzen, wir erzählten uns von unserer Kindheit. Die seine war ebenso grau, ebenso trostlos gewesen wie meine. Wie ich hatte er keine Eltern mehr, und er hatte auch sonst keinen Menschen auf der Welt, der ihn aufrichtig liebte.

›In diesem Krankenhaus oder in einem anderen werde ich von nun an mein Leben verbringen müssen!‹ rief er eines Tages aus.

Ach, wieviel Tränen haben wir gemeinsam vergossen, fern von allen neugierigen Blicken, und wie unglücklich machte uns der Gedanke, uns nach kurzer Zeit trennen zu müssen!

Da verabredeten wir, bei Nacht das Krankenhaus zu verlassen und ›in die weite Welt zu entfliehen‹.

›Ich werde betteln gehen ... Wir brauchen nicht Hungers zu sterben‹, sagte er.

›Und ich habe ein paar Gologani auf die hohe Kante gelegt, und dazu habe ich Arme, mit denen ich jede Arbeit verrichten kann‹, setzte ich hinzu.

›Wir werden zusammenleben wie Bruder und Schwester, nicht wahr, Schwesterchen?‹

›Ja, Aurel!‹

Er nannte mich ›Schwesterchen‹, und so nennt er mich noch heute, niemand im Krankenhaus wie auch sonst überall in Brăila hat meinen wahren Namen erfahren, da ich keine Papiere habe.

Eines Abends, als alle Lichter gelöscht waren, huschten wir wie zwei Schatten an den Mauern entlang, wir schlüpften durch eine Lücke des alten Zaunes, der die Rückseite des Krankenhauses einfriedigt, und gelangten unbemerkt hinaus.

Es tat mir sehr leid, vor euch wegzulaufen, wenn ich auch überzeugt war, daß Aurels Liebe schöner war als eure; es war eine brüderliche, überhaupt nicht an der Frau interessierte Liebe, völlig rein, und so ist sie bis heute geblieben. Ich hatte euch als gewaltsam kennengelernt, drauf und dran, einander um meinetwillen umzubringen. Es wäre mir allzu schwer geworden, zwischen euch beiden zu wählen. So wählte ich Aurel, ein zartes, verkrüppeltes Kind, das völlig ohne Stütze war und dazu verdammt, für immer im Krankenhaus zu leben. Und da ich glaubte, euch einen Dienst zu erweisen, wenn ich einem unmöglichen Verhältnis ein Ende setzte, verschwand ich mit Aurel ›in die weite Welt‹.

Die Welt ... Sie war gut zu mir, warum soll ich es leugnen? Oder, wenn ihr so wollt, sie war, wie wir sie vor uns sehen, wie sie gar nicht anders sein kann, wenn alles davon abhängt, was wir vom Leben verlangen. Und Gott allein weiß, wie mich das Verlangen, endlich für all mein Leid ein wenig entschädigt zu werden, zu jener Zeit verzehrte! Ich muß hinzufügen, daß sich dazu auch Gelegenheit bot und daß diese nicht ohne Bedeutung für mein Verlangen war.

Das geschah in Galați, der Stadt, in der ich geboren bin. Dorthin waren wir geflohen. Eine Freundin meiner Mutter, eine gute Schneiderin, nahm uns auf und bot mir an, meinen Lebensunterhalt damit zu verdienen, daß ich ihr half. Sie war allein, etwas geizig, allzu oft traurig, aber alles in allem eine gute Seele. Aurel wurde ihr fröhlicher Partner beim Dominospiel. Leu, den ich mitbrachte, gefiel ihr sehr. Und so trugen wir alle drei eine Zeitlang dazu bei, das Leben in dem Heim der verbitterten alten Jungfer ein wenig heiterer zu machen.

Aber wie schwer ist es, Fröhlichkeitslieferant zu sein für einen Freund, der alle Nasen lang Trübsal bläst! Nichts verursacht uns in der Armut wie im Wohlstand solchen Lebensüberdruß wie ein Gefährte, der in dem Augenblick, wo man ihn verläßt, um sich den Schweiß von der Stirn zu wischen, völlig erschlafft.

Der gute Aurel, der doch so unerschöpflich war in der Kunst, einen jeden aufzuheitern, sagte nach dem ersten Jahr unseres Lebens bei Fräulein Caterina zu mir:

›Im Krankenhaus liegen die Kranken wenigstens im Bett. Außerhalb des Krankenhauses muß man sie auf den Händen tragen. Das ist kein sehr angenehmer Zeitvertreib.‹

Als ich zwei Jahre lang im Schneiderhandwerk gearbeitet hatte, konnte ich die kleine Werkstatt von Fräulein Caterina selbständig führen; sie tat nun nichts anderes mehr, als in der Wohnung herumzugehen und in allen Tonarten *ach* und *weh* zu schreien. Es begann unerträglich für uns zu werden; Aurel verlor seine gute Laune. Wir waren beide über siebzehn Jahre alt, und mein tapferer Freund kämpfte erbittert darum, eine Beschäftigung zu finden, mit der er seinen Lebensunterhalt verdienen konnte. Es gelang ihm auf dem Gebiet, das immer seine Leidenschaft gewesen war: dem Zeichnen und der Malerei. Seine Porträts, seine Aquarelle fanden Käufer.

›Aus Mitleid für einen Krüppel!‹ scherzte er. ›Ich könnte ihnen ebensogut etwas anderes andrehen: Schuhwichse, Schnürsenkel oder Hampelmänner ...‹

Ich kannte Galați fast gar nicht, da ich es mit kaum sechs Jahren verlassen hatte, um meiner Mutter zu folgen; aber Aurel, der intelligent, sehr herzlich und begabt war, gelang es rasch, sich beliebt zu machen und von einigen bedeutenden Leuten der Stadt ermutigt zu werden. Und schon dachten wir daran, unsere sich unaufhörlich drehende Mühle der Traurigkeit im Stich zu lassen und uns anderswo ›ganz allein‹ einen Weg zu bahnen, als mit einemmal ein Wirbelwind der Freude über das Haus von Fräulein Caterina hereinbrach und uns alle kopfüber mitriß.

Dieser Wirbelwind war die große *Welt*! Die Welt mit ihren schönen und schlechten Seiten, die Welt mit ihrem Guten und ihrem Bösen, die Welt, wie sie ist.

Sie erschien eines Tages in Gestalt einer

reichen Kundin ›mit den besten Empfehlungen‹; es war eine elegante Dame, die nicht mehr ganz jung war, dafür aber mit Juwelen behängt und so freigebig, daß es zum Heulen war. In der Zeit, die man braucht, um einen Scherbett zu trinken, gab sie eine Bestellung für vier Kleider auf und feilschte nicht um den Preis, ja, sie bezahlte alles im voraus, obwohl man nicht einmal die übliche Anzahlung forderte, aber …

›Wer ist dieses schöne Kind?‹ fragte die Dame Fräulein Caterina und deutete auf mich.

›Oh, meine verehrte Dame! Das ist ein armes Waisenkind, eine Nichte von mir …‹

›Wie heißt sie denn?‹

›Anicuța.‹

Als mich Fräulein Caterina als ihre Nichte bezeichnete, sagte sie absichtlich die Unwahrheit, aber was den Namen Anicuța betraf, so war sie guten Glaubens einer amüsanten Verwechslung zum Opfer gefallen, denn als sie sich nach zehn Jahren der Trennung nur noch mit Hilfe des Namens meiner Mutter an mich erinnerte, hatte sie sich vor die Stirn geschlagen und ausgerufen:

›Ach, mein Gott! Du bist es, *Anicuța*!‹

Ich unterdrückte mein Lachen, war mit dem neuen Spitznamen zufrieden und ließ mich fortan Anicuța nennen.

›Nun, Fräulein Anicuța‹, fuhr die hochherzige Kundin fort, ›wenn meine Kleider schön werden, will ich Sie belohnen, wie es sich gehört.‹

Dann wandte sie sich Aurel und seinen Zeichnungen zu und rief aus:

›Was für ein Talent er hat, der junge Mann! Ist das auch ein Verwandter von Ihnen, Fräulein Cati?‹

›Jaaa, meine Dame, der arme Kerl! Er ist auch ein Neffe von mir, hat ebenfalls keine Eltern mehr, und nun auch noch seine Gebrechlichkeit!‹

›Ist es denn unheilbar?‹

›Ja, leider!‹

›Da ist man niemals so sicher … Man müßte es einmal bei den großen Ärzten in Bukarest versuchen.‹

Und dann wählte die gute Dame ganz ungezwungen ein paar Kartons und Ölbilder aus und gab Aurel eine Summe dafür, deren Höhe mich eine ganze Weile ohne Sinn und Verstand auf der Maschine weiternähen ließ.

›Was für eine gute Seele! … Was für eine gute Seele!‹ rief Fräulein Caterina unaufhörlich, als die erstaunliche Dame gegangen war. ›Das ist eure Chance, meine Kinder! Nur euch allein verdanke ich dieses Wunder, denn mir ist niemals ein so unerwartetes Glück widerfahren! … Und ich habe so eine Ahnung, als ob diese Frau Pavlic unser Leben verändern wird!‹

›Hoffen wir, daß es zum Guten ist, Tante!‹ rief Aurel und breitete die Arme nach ihr aus. ›Vielleicht werden wir alle wundervoll Hochzeit halten und die *Chindia* tanzen!‹

›Wahrhaftig, das würde mir nicht schlecht gefallen: Ich könnte noch einen Mann glücklich machen, und ich würde dafür gern etwas von meinem früheren Stolz aufgeben!‹

Das arme Fräulein Caterina! Später, als unser Sturz eine Tatsache war, dachte ich an ihre Worte … Niemals ist man ungestraft stolz im Leben; und von dem Tag an macht man keinen mehr glücklich, wo man nichts mehr zu *geben* hat: Die Feige, die sich stolz am Wipfel des Baumes hält, wo keine Hand hinaufreicht, um sie zu pflücken, wo kein Mund sie verzehren kann, wenn sie reif ist, verdorrt, versteinert und stirbt, während sie den Himmel betrachtet.

Geben, geben, das ist das große Glück des Daseins! Vor allem zur rechten Zeit geben, jedes Ding zu seiner Zeit. Das Lachen geben und die Tränen geben … Die eigene Begeisterung leben, den eigenen Schmerz … Im Vorübergehen den Freudenstrahl erhaschen, der schnell entflieht, die schönen Zähne zeigen in einem Lachen, das von tränennassen Augen erbettelt wird, und dann, dann heftig weinen aus dem ganzen freudegesättigten Herzen! Eine Zeitlang weinen … Und dann wieder lachen …«

Plötzlich hörte Neranzula auf zu sprechen und starrte Epaminonda an. Da merkte ich, daß er den Blick eines Irren hatte und daß er die Kiefer zusammenpreßte, daß es knackte.

Es war schon spät … Alle im Haus schliefen, und das tiefe Schweigen drang mir bis ins Mark.

»Sprich weiter, Freundin!« sagte ich.

»Nein!« antwortete sie sanft, »Epaminonda macht mir angst!«

Der andere deutete ein Lächeln an, das auch mir angst machte.

»Es ist nichts … *moré* Neranzaki … Erzähl bis zum Ende!«

»Es gibt kein Ende!« murmelte sie. »Was noch folgt, ist eine kurze, einfältige Geschichte, wie sie allen diesen Mädchen passiert.

Frau Pavlic kam in Begleitung zweier Männer zurück, die die Kunst beherrschten, jungen und auch alten Mädchen den

Kopf zu verdrehen. Es war vielleicht gar keine eindeutige Schurkerei, denn wir sahen, wie sie, diese schönen Mädchenentführer, litten und sinnlos das Geld ausgaben, wie man es nicht tut, wenn man sich völlig verstellt.

Für mich war es ein völlig unverständliches Ränkespiel. Ich liebte keinen von ihnen, Fräulein Caterina liebte alle beide, und Frau Pavlic liebte jedermann! Aurel konnte soviel Zeichnungen und Aquarelle anfertigen, wie man sie ihm abkaufen wollte. Und so brach die ganze Bande einschließlich Leus auf nach Bukarest, wo Aurel, wie die Leute versicherten, geheilt werden konnte. Er wurde wirklich in ein großes Krankenhaus aufgenommen. Drei Monate lang drehte und wendete man ihn nach allen Seiten und entließ ihn schließlich unverändert, nur daß er zwei neue Krücken statt der alten hatte.

Während dieser Zeit wurden uns draußen goldene Berge versprochen, man zeigte uns alles, ließ uns alles Interessante besichtigen, alles kosten. Ich schloß die Augen vor dem Betrug, der schon offenbar zu werden begann; mit vollen Zügen trank ich den Nektar aus dem Kelch, der mir gereicht wurde, und sagte mir mit geschlossenen Lidern: So habe ich wenigstens alles kennengelernt, brauche niemanden zu beneiden und werde niemals so häßlich und traurig wie Fräulein Caterina.

Sie, Fräulein Caterina, schloß ihre Augen nicht, sie machte sie aber vergeblich auf, um in dem einen oder andern der beiden lustigen Brüder einen Ehemann zu finden, sie veranschlagte, gab Geld aus, hoffte, verstellte sich, bis sie sich schließlich völlig allein in einem Hotelzimmer wiederfand.

Was mich betrifft, so ging ich diesen Weg immer weiter, denn es gab keinen, der, wenn es galt, zwischen der Schneiderei und dem, was ich jetzt tat, zu wählen, der anständigen Arbeit einen Förderungspreis zuerkannt und mich gedrängt hätte, wieder zu Nadel und Faden zu greifen.

Noch heute tue ich, was mir gefällt, und nichts von dem, was mich mit Widerwillen erfüllt. Man gibt mir immer noch, und ich gebe, als wäre ich noch vom ersten jugendlichen Schwung getragen.

So wird es sein bis zu dem Tag, an dem ich alles gegeben habe, und mein Leben dazu!«

Im stetig anwachsenden Schein der sommerlichen Morgendämmerung, der die Fensterscheiben zu erhellen begann, wurde das geisterhafte Antlitz Epaminondas sichtbar. Sein ausgedörrter Mund war halb geöffnet. Die Augen, die völlig reglos waren wie der ganze Körper, schienen gebrochen. Die Nasenöffnungen waren verschlossen. Selbst sein Bart und sein Haar, die gewöhnlich einen frischen Glanz hatten, waren irgendwie erschlafft.

Neranzula sprang ihm an den Hals und küßte ihn.

»Nun … mein Freund … wir wollen all das vergessen! … Sieh, es ist Tag geworden. Wir werden ein bißchen schlafen, ihr auf den Diwanen und ich im Bett mit Leu, meinem Kindheitsfreund, auf den ihr sicher nicht eifersüchtig seid. Und danach werde ich euch zuhören, wie es recht und billig ist, und ihr werdet mir von euren Freuden und Leiden erzählen! Nun also!«

Als unsere Freundin Epaminonda schüttelte, schwankte er hin und her, hölzern wie eine Marionette, die auf dem Hintern sitzt. Sie achtete nicht darauf, kam zu mir und erwies mir die gleichen Zärtlichkeiten, dann raffte sie fröhlich ihre Röcke bis zu den Knien und begann, zwischen den Diwanen hin- und herzuspringen und uns nach jedem Sprung einen Kuß zuzuteilen.

Neranzula fundoti!
Neranzula fundoti!

Aber bei ihrem dritten großen Schritt, als sie Epaminonda den Rücken wandte und auf meinen Diwan losstürzte, gellte ein entsetzlicher Schrei durch das Haus, und ich konnte unsere schöne Neranzula gerade noch in den Armen auffangen, die von jenem mit dem Dolch durchbohrt worden war, den ihr das Schicksal bestimmt hatte, dem armen Epaminonda.

Dritter Teil

Acht Jahre vergingen … Acht Jahre, in denen ich schwer zu tragen hatte an dem Schatz meiner widerstreitenden Empfindungen …

Wie sehr ich wünschte, daß es mir jetzt erlaubt wäre, nun selbst ein wenig zu klagen! … Jawohl, zu klagen, Tränen zu vergießen. Zu sagen, was ich bin: *ein armer Mann, der mit dem schweren Reichtum beladen ist, den niemand haben will!*

Ein unerschöpflicher, überwältigender Schatz … Eine Goldmine der Liebe, die sich sehnt nach der kräftigen Spitzhacke des freimütigen Bergmannes, der noch zögert, sie aufzubrechen, und noch zögert, sie in der Sonne aufstrahlen zu lassen und dieses ganze lichterfüllte Leben zu genießen.

He, ihr erbärmlichen Kerle! Ihr Würmer, die ihr nur euer stagnierendes Glück zu genießen wißt, die ihr nichts von der Unermeßlichkeit des Ozeans noch von der

Größe des Lebens ahnt; die ihr von der Sonne nicht versengt, vom Sturm nicht aufgestört werdet ... Wenn euch Gott mit einem Herzen und einem Hirn versehen hat, dann nur deshalb, um desto schlagender zu beweisen, daß all das gar nichts zu besagen hat, allenfalls, daß es heilsam ist, den Stachel der göttlichen Ironie neben dem Balsam seiner strahlenden Großmut zu spüren.

Ihr Würmer! Ihr erbärmlichen Geschöpfe! Ein Nichts, das euch streift, veranlaßt euch, das Nichts, das ihr darstellt, zurückzuziehen ...

Bei euch ist alles Besorgnis, die Freude wie auch das Leiden ... Kein Aufschrei des Vergnügens, der im Himmel vernehmbar ist ... Und kein Gebrüll, das in den Abgründen widerhallt ... Ohne ein Antlitz, das auch nur das geringste zu sprechen vermöchte, und so blind, daß ihr euch selbst nicht mehr erkennt, oh, seid glücklich, ihr Würmer! Doch frage ich mich, ob eure Vorsicht eher ein Gebrechen des Herzens ist als ein Trauma des Hirns.

Ihr armen Kerle!

*

Zwei Jahre nach dem dramatischen Vorfall am Graben begrub ich hier im ägyptischen Alexandria die erbärmliche sterbliche Hülle, in der das große Herz des Freundes und Künstlers, des verkrüppelten Aurel, geschlagen hatte.

Denn der Dolchstoß, der Neranzula getroffen hatte, war in das Herz Aurels gedrungen. Er war es, der fiel und sich nicht mehr erheben konnte. Sie behielt, nachdem sie zwischen Leben und Tod geschwebt hatte, schließlich die Oberhand, vergaß das ihr Angetane und erklärte sich vor Epaminondas Richtern, die an ihr Leidensbett kamen, um sie zu befragen, für alles verantwortlich:

»Ich habe ihn bis aufs Blut gereizt; fragen Sie doch Marco! Man erzählt nicht denen seine Liebesabenteuer, von denen man angebetet wird, und niemals darf man zwei Verliebte zur gleichen Zeit küssen. Aber was wollen Sie! Wenn ich so vernünftig wäre, dann wäre ich nicht mehr *ich*! Und ich fühle mich sehr wohl, wie ich bin ... um so schlimmer!«

Als Neranzula Epaminonda gegenübergestellt wurde – den man mit Ketten gefesselt zu ihr ins Krankenhaus gebracht hatte –, tat sie noch mehr: Sie küßte die gefesselten Hände dessen, der sie töten wollte, und sagte in Anwesenheit der Justiz zu ihm:

»Verzeih mir ... Ich ahnte nicht, daß du mich so sehr liebst!«

Aber der Unglückliche verspürte kaum noch das Bedürfnis, durch sein Opfer von seiner Untat entlastet zu werden. Die Gerichtsmediziner erklärten ihn für unzurechnungsfähig. Man sah es auch deutlich … Stumm und teilnahmslos bis zum Augenblick der Gegenüberstellung, brach Epaminonda, als er die wahnwitzige Entschuldigung der Frau vernahm, die Gegenstand seiner tyrannischen Leidenschaft war, in Tränen aus, kniete vor dem Bett nieder und sprach die klagenden Worte, die er fortan an jedem der ihm verbleibenden Tage murmeln sollte:

»*Aman bre! Aman bre! Aman bre!*«

Epaminonda konnte noch weinen.

Aurel konnte es nicht mehr. Er gehörte zu denen, deren Tränen sich über das eigene Herz ergießen, es völlig aushöhlen und schließlich stillstehen lassen.

Ich hatte es gleich bemerkt. Und ich folgte einem innigen Wunsch Neranzulas, der ebenfalls ein Wunsch meines Herzens war.

An dem Tag, wo man mir gestattete, sie im Krankenhaus aufzusuchen, galt ihr erster Gedanke ihm, dem Versehrten:

»Liebe Aurel, Marco … Sei ihm ein Bruder, mein Freund … Er ist ganz allein auf der Welt … Ich bitte dich, mehr für ihn zu tun, als du für Mama Ileana getan hast …«

Die ergreifende Wiederholung der gleichen, von Hochherzigkeit bestimmten Bitte, die sie fünf Jahre zuvor ausgesprochen hatte!

Nach ihrem Sturz in den Graben, bei dem sie den Schädelbruch erlitten hatte, ließ mich Neranzula, sobald sie wieder sprechen konnte, zu sich rufen und sagte mit erloschener Stimme zu mir:

»Marco ... In der Judenstraße 3 ganz hinten im Hof siecht eine Frau dahin, die keinen Menschen mehr hat: Mama Ileana. Die Nachbarn tun für sie, was sie können, und geben ihr manchmal etwas zu essen, aber Mama Ileana leidet an einer seltsamen Krankheit, die sie veranlaßt, viel zu essen und ständig zu trinken ... Sie trinkt zwei Eimer Wasser am Tag ... Geh hin, Marco, gib ihr zu essen und bring ihr vor allem Wasser ... Ich weiß nicht, was aus mir wird, aber wenn du mich liebst, dann vergiß niemals die Mama Ileana!«

Ich hätte ihren Wunsch peinlich genau befolgt, aber leider war die Diabetikerin gestorben, als ihre ergebene Freundin noch im Krankenhaus lag.

Jetzt erbat sie mit den gleichen vom Fieber versengten Lippen Hilfe für Aurel.

Er hatte sie schon, und es war mehr als nur brüderliche Hilfe: Aurel und ich, wir fühlten uns vereint für das Leben, für ein

Leben, das ganz sicher weder das Neranzulas noch das Epaminondas sein konnte; denn mußten sie nicht fortan den Weg verfolgen, den ihnen die vom Blut gerötete Spitze einer Waffe vorgezeichnet hatte? Epaminonda hatte das Spiel gewonnen, als er seinen Verstand verlor, und Neranzula nahm, wie es Frauen tun, den Arm des Stärksten. Indem sie dies tat, küßte sie die Hand, die sie getroffen hatte.

Wir verstanden, und wir entfernten uns ... Ich nahm Aurel mit nach Ägypten, um seiner, um unserer Gesundheit willen, und weil ich dachte, daß ich auf diese Weise mehrere Seelen retten konnte.

Doch es war nichts damit.

*

Seitdem ich durch die Welt reise, habe ich immer wieder die Behauptung gehört, die Frau sei für den Mann, der hohe Ansprüche stelle, ein Greuel, und nur zwei Männer, die sich liebten, seien imstande, miteinander, in innerer Harmonie ein vollkommenes Glück zu verwirklichen; sie allein könnten eine auserlesene Menschlichkeit erschaffen. So war der Erschaffer des Lebens also ein Schwachkopf; die fleischliche Liebe der Frau mit allem, was sie der Gesamtheit unserer Sinne an Begeisterndem vermittelt, ist also nur eine Verirrung –

falls es wahr ist, daß das Leben in Zukunft der lauen Wärme der Exkremente entsprießen soll.

Aber vielleicht liegt in dem erbärmlichen Ausgang der männlichen Zärtlichkeit etwas von unser aller Verlangen nach einer Harmonie zwischen der verheerenden Leidenschaft des Fleisches und der erhabensten Freundschaft. Diese blüht auf in der Beständigkeit, in der Dauer, und die Treulosigkeit ist für sie etwas Unsinniges: Je zahlreicher die Freunde sind, desto besser ist es. Dagegen ist das Fleisch selbstsüchtig, wenn es liebt, und es läßt keinen Dritten zu, aber es langweilt sich und verschmachtet, wenn man ihm zuviel von derselben Nahrung reicht.

Wie soll man Frieden schließen zwischen dem Mann und der Frau? Wie soll man das vollkommene Glück für uns schaffen? Eines ist sicher: Was die Freundschaft in ihrer vollkommensten Form betrifft, so könnte dieses Ideal durch die Freunde-und-Liebenden nur dann verwirklicht werden, wenn der Mann und die Frau Freunde und Liebende zur gleichen Zeit bleiben könnten. Ich spreche von Wesen, die vom unbarmherzigen Dämon der Sinne gemartert sind.

In langen Jahren habe ich die Erfahrung gemacht, daß dieser Kraftakt der Freundschaft immer nur für kurze Augenblicke zu verwirklichen ist, wenn er auch schön ist wie ein Fiebertraum.

Schuld daran ist das Gebrechen, an dem dieser ›Dämon‹ selber leidet, der ja nur eine ungewöhnliche Fähigkeit ist, leidenschaftlich und dauernd zu lieben, die aber eben deshalb an dem unwiderstehlichen Bedürfnis, dem zügellosen Verlangen nach Unbekanntem, ewig Unbekanntem krankt.

Alles in allem ist das ideale Bestreben, zu erleben, daß sich die Freundschaft fest mit unserem Fleisch verbindet und mit ihm eine vollkommene Gemeinschaft herstellt, nichts als ein verheißungsvolles Ziel, das niemand endgültig erreichen kann, ohne auf seine glühendsten Leidenschaften zu verzichten.

Ich habe das erst viel später erfahren.

Aurel liebte die Frau wie ich selbst und wie jeder Mann, der nicht in seiner Kindheit verzärtelt worden ist und nicht in einer Kloake zur Welt gekommen ist, aber er war vor allem ein begeisternder Freund. In seiner Zuneigung zu Neranzula hatte er, ohne zu zögern, auf die nicht zu erringende geschlechtliche Liebe verzichtet. Und dieses Opfer – das er bis zu unserem Erscheinen leichten Herzens auf sich genommen hatte – trug nach Epaminondas blutrünstigem Eindrängen dazu bei, ihn völlig niederzuwerfen.

»Niemals habe ich darunter gelitten«, sagte er zu mir, »wenn ich sehen mußte, daß Anicuţa etwas mit ihrem Leben anfing, das ihrer eigenen Entscheidung oblag ... Umbringen wird mich aber die Vorstellung, daß sie ein Mann mit Gewalt *ganz für sich allein* beansprucht hat, daß er sie uns *ganz und gar* entrissen hat und daß sie sich ihm *völlig* hingegeben hat! Das lehrt mich, daß die beste aller Frauen eher durch rohe Gewalt erobert wird als durch zärtliche Liebe.«

Natürlich redete der arme Aurel ein wenig irre; denn wenn es Epaminonda tatsächlich gelungen war, sie uns ›ganz und gar und für sich allein‹ zu entreißen, war es nicht weniger wahr, daß er durch den eigenen Sieg gleichzeitig selbst vernichtet worden und daß ihm Neranzula völlig entkommen war.

Ägypten, Alexandria, die märchenhaften Träume unserer Kindheit, erstanden mit ihrem unvergleichlichen Panorama vor unseren vom Kummer getrübten Blicken, sie peitschten Aurels verdämmernde Lebenskraft auf und schürten in ihm die letzten Flammen, die seinen Sturz ins Grab beschleunigen sollten. Doch hatte er wenigstens das Glück, ein wirkliches Wunder zu erleben und kein unendliches Dahinsterben erleiden zu müssen. Ja, was noch mehr war, uns beiden war auf der ägyptischen

Erde vergönnt, zum erstenmal die einzigartige Freude kennenzulernen, deren großmütige Schatzmeisterin die Frau allein ist.

Gesegnet seist du, namenlose Frau, die du für ein Nichts zu geben weißt: für ein freimütiges Lachen, das dir gefallen hat; für ein gutes Wort, das dir zu Herzen gegangen ist; für einen flammenden Blick, der dir die Wimpern versengt hat! ... Seid gesegnet, ihr Herumtreiberinnen von Kairo und Alexandria, ihr Liebhaberinnen, die ihr keine Flausen macht und die ihr die Verkrüppelung eines jungen Mannes, dessen Herz von einer, wie ihr es seid, zerbrochen wurde, vergaßet und ihn mit der lauteren Freude tränktet, die er niemals kennenzulernen glaubte! ... Seid glücklich, Frauen, die ihr nichts fordert, Frauen, die ihr unaufhörlich gebt! Und möge euch der Herr im anderen Leben die Pforten seines Paradieses öffnen und euch freundlich zu seiner Rechten sitzen lassen, denn ich kenne nichts, was euch an Hochherzigkeit übertrifft.

*

Ich besaß nicht die Mittel, um einen Wagen für Aurel zu bezahlen, meinen in Leidenschaft entbrannten Aurel, der sich mit der ganzen kläglichen Geschwindigkeit seiner Krückstöcke auf die Ferne, die Palmen, die

Sanddünen der Wüste, die Silhouetten der Minarette, die sympathisch-neugierigen Menschen und Tiere zubewegte; aber ich hatte zwei ausdauernde Beine, kräftige Schultern und ein Freundesherz: Das war genug, um Aurel wie ein Kind aufzuheben und auf meine freundschaftlichen Schultern zu setzen, wo er das Wunder vollbrachte, mich die Last des vielfältigen Unglücks, das uns beide drückte, nicht mehr fühlen zu lassen.

So vergaßen wir mit weit aufgerissenen Augen und vorgestrecktem Kopf, mit lautem Gelächter, das unser Schluchzen verstummen ließ, die Stadt Brăila, um in Ägypten zu leben.

Vielleicht fühlte und genoß niemals ein gesunder Mensch die Schönheiten einer berauschenden Natur und den Zauber des Vagabundenlebens besser als Aurel, der Gelähmte und Tuberkulosekranke. Niemals verstand es ein Herz besser als das seine, die Großzügigkeit eines gastfreundlichen, unterworfenen Volkes zu schätzen und sich offener und freimütiger zu empören und seine Entrüstung gegen die Unterdrücker herauszuschreien. Niemals wurde Barmherzigkeit – eine Barmherzigkeit, die so weit ging, daß er sogar sein letztes Stück Brot wegschenkte – von einem Menschen in so verschwenderischem Maß erwiesen wie von Aurel jenen Menschen, die er für elender hielt als sich selbst.

»Ach, die Zivilisation! ...« rief er oft. »Jetzt erkenne ich es: Sie ist etwas Rechtes! Es wäre besser gewesen, wenn die Menschen Wilde geblieben wären!«

Dieser ›Wilde‹, der Fellache, barg, obwohl er so elend war, daß es einem das Herz brechen konnte, in seinem Herzen das einzige Unterpfand der Zivilisation, das zählt: die *Güte.* Er bewies es uns, als er uns in seine Lehmhütte aufnahm und uns gab, was er hatte: sein Bohnengericht, den arabischen *ful.* Und wir waren doch zwei Menschen aus der Zivilisation, die ihn vernichtete, der Zivilisation, die die Menschen ins Elend stürzt und dann an ihrer eigenen Tür das Schild *Betteln und Hausieren verboten* anbringt.

In den zwei Jahren unseres Vagabundenlebens durchstreiften wir – Aurel saß stets auf meinen Schultern – den Weg von Alexandria nach Kairo und dann bis Minieh in Oberägypten, wo wir uns an Bord einer *dahabieh* begaben und auf dem Nil flußabwärts nach Alexandria zurückkehrten.

Man kann sagen, daß diese Reise, die für einen Tuberkulosekranken unzulässig war, Aurels Tod beschleunigte, aber ich weiß, daß es ihm half, ohne Bedauern zu sterben. Wir hatten sie aufs Geratewohl und ohne ein bestimmtes Ziel begonnen: Wir lebten. Wenn wir an einem Tag die gewohnten zehn Kilometer zurückgelegt hatten, setzte ich Aurel im Schatten einer Palme zu Boden, und dann verbrachte er seine Zeit damit, zu träumen und zu zeichnen; ich ging fort, um im Nil zu baden und unsere Wäsche zu waschen, oder ich vergnügte mich damit, Fische zu fangen.

»Ertrinke nur nicht!« rief er mir zu. »Ich kann nicht hinterherkommen!«

Tatsächlich konnte er, wenn er einmal auf dem Boden saß, nicht wieder aufstehen.

Unser ganzes Gepäck bestand aus zwei Decken, zwei Hemden zum Wechseln und Aurels Zeichengerät. Den Freund und die Marschausrüstung zusammengenommen, trug ich keine fünfundvierzig Kilo auf dem Rücken. Der rumänische Soldat muß bei den großen Manövern ein Kilo mehr tragen, doch hat er dafür einen Freund und eine Freundschaft weniger.

An Geld hatte ich nur soviel bei mir, wie man für eine Woche zum Leben benötigt, aber wir wurden niemals angegriffen. Jeden Sonntag erwartete uns die Post aus Alexandria mit dem Brotgeld und den wichtigsten Nachrichten irgendwo auf dem Weg.

Außerhalb von den Städten gaben wir fast nichts aus. Auf dem Land beeilten sich die Fellachen stets, uns Unterkunft und Verpflegung anzubieten. Aurel schenkte ihnen dafür Skizzen, die ihr eigenes Leben darstellten: Landschaften, Tiere, Begebenheiten und Porträts.

Wieviel Zeichnungen wurden so auf dem weiten Weg verstreut! Welch schönes Werk ging für immer verloren!

»Wie denn, *verloren?*« rief er eines Tages, als ich davon sprach. »Diese Bauern sind glücklicher darüber, daß sie meine Skizzen bekommen, als die Halunken bei uns zu Hause, die sie mir mit verächtlichem Mitleid abkauften! Der Wert eines Kunstwerkes wird von dem Glück bestimmt, das es hervorruft, nicht von dem Preis, den man dafür nennt.«

Als wir nach Alexandria zurückgekehrt waren, wo er *bessere Nachrichten von Anicuța* vorzufinden hoffte, wurde er durch einen Brief davon benachrichtigt, daß sie seit drei Monaten aus Brăila verschwunden war, zusammen mit Epaminonda, der völlig verrückt geworden war.

Das traf ihn wie ein Blitz. Er schloß sich in sein Zimmer ein, vertiefte sich in die Betrachtung der Porträts, die er von Neranzula gemacht hatte, wurde ganz melancholisch, und an einem regnerischen Abend verschied er nach einem fürchterlichen Blutsturz.

Ich folgte als einziger seinem Sarg.

›Und jetzt bist du allein auf der Welt, Marco!‹

Dies sprach ich zu mir selbst, als ich von dem orthodoxen Friedhof zurückkehrte, auf dem ich soeben einen Menschen, der ein Künstler war, begraben hatte.

Einen Menschen, der ein Künstler war! Begegnet man ihnen häufig im Leben, diesen seltsamen Wesen?

Zunächst ist es so schwer, gut und anständig zu bleiben in einer Welt, wo alles Verderbtheit ist. Ich sage das ohne Haß. Ich weiß, daß *niemand über den Rand seines Hutes springen kann*. Und dann, was ist denn ein Künstler? Das ist der, den der Zufall begünstigt hat, der zur Welt gekommen ist mit der Fähigkeit, seine Gefühle kundzutun wie die Nachtigall, die aus dem Nest geflogen kommt, um auf dem Ast ihr Lied zu singen. Ich sehe darin kein Verdienst. Ein Verdienst wäre es, wenn man mit den eigenen Händen – und ohne, daß man jemals gesehen hat, wie es gemacht wird – ein Paar Schuhe herstellen könnte, das ebenso vollkommen ist wie jenes, das aus den Händen eines guten Stiefelmachers mit dreißig Jahren Berufserfahrung hervorgeht.

Nein. Wir sind alle nur mehr oder weniger eingebildete arme Teufel.

Aber *Menschen und Künstler* zu sein beginnen wir, wenn wir am ganzen Leid der Menschheit leiden, wenn wir es mit unseren Mitteln ausdrücken und das Übel bekämpfen, das der Welt aus unserer Selbstsucht erwachsen ist: Die Kunst ist ein schwerer Kampf gegen unsere Unvollkommenheit.

Und es liegt darin ein Balsam für unser Herz, der alle irdischen Freuden übersteigt, denn nichts läßt uns das Leben besser ertragen als Großmut.

Ach! Auch damit muß man schon auf die Welt gekommen sein; denn da uns unsere Fähigkeiten heute gestatten, die Erde ganz in Beschlag zu nehmen, kann einzig die *Güte* unsere Gewaltsamkeit zügeln, bis zu dem Tag, an dem die *Gerechtigkeit* sie zügeln wird, sie, die es besser und in Ewigkeit tun wird.

*

Nun, da ich allein war, fühlte ich mich unglücklicher als zu der Zeit, da ich an Epaminondas Seite Orangen und Zitronen verkaufte.

Menschliche Wesen gab es um mich her, ja, es gab sie massenweise, doch was sollst du anfangen mit diesen Nächsten, die dich anstieren wie Kälber, die sich dir manchmal sogar hinzugesellen und dich schon wieder fallenlassen, wenn sich dein seelischer Reichtum eben entfalten will?

Ich hatte es mit allen Klassen der Gesellschaft zu tun. Als Kenner von Edelsteinen wurde ich überall in der Stadt zu allen möglichen Geschäften gerufen: Gutachten, Käufen, Verkäufen und Tauschgeschäften. Im Café des Mehmet-Ali-Platzes, wo ich mich meistens aufhielt, kam ich mit den Reichsten und den Ärmsten, den Begabtesten und den Einfachsten zusammen. Und ich riß die Augen auf! Ich hörte einem Menschen stundenlang zu! Und ich sprach auch selbst zu ihm! Wenn ich versucht hätte, einen Stein mit dem Feuer zu erwärmen, das ich bei dem Unterfangen vergeudete, Menschenwesen zu erwärmen – ich hätte ein besseres Ergebnis erzielt.

Nichts. Kein Aurel! Nicht einmal ein Epaminonda! *Bruchstücke von Menschen!* Kurz gesagt, ›Bruchstücke‹; so nannte ich sie später.

Angewidert von der Erfahrung, daß ich mein heiliges Öl umsonst verbrannte, kehrte ich abends nach Hause zurück und begann Aurels Werke durchzublättern, von den Anfängen im Krankenhaus von Brăila bis zu den letzten Szenen, die er, schwermütig am Fenster sitzend, skizzierte, während er den Verkehr auf der Hamanil-Straße verfolgte.

So verbrachte ich nach seinem Tod noch sechs Jahre in Alexandria.

*

Doch eines Tages – eines Tages, als ich mich nicht mehr auf den Beinen halten konnte – packte ich in aller Stille meinen Koffer und machte mich auf den Weg nach Rumänien.

›Nun, Marco …‹, hatte ich zu mir selbst gesagt, ›gehen wir ein wenig den Spuren der Vergangenheit nach! Frischen wir unsere Träume auf!‹

Seit der Nachricht, die Aurel Neranzulas und Epaminondas Flucht aus Brăila angekündigt hatte, hatte ich nichts mehr von den beiden gehört. Übrigens habe ich mich auch niemals bemüht, etwas über sie zu erfahren. Was sollte das nützen? Gestorben, doppelt gestorben sind die Menschen, die verschwinden!

Ich ging in Alexandria an Bord und fuhr mit dem Schiff direkt nach Konstantinopel, wo ich aus geschäftlichen Gründen für eine Woche Station zu machen beschloß.

Und dann … streifte ich wie ein junger Bursche … ein bißchen herum, bald hier und bald dort, denn ich habe Konstantinopel gern. Es ist eine der wenigen Städte auf der

Welt, wo sich ein empfindsamer Mensch nicht langweilt: Es ist ein fröhliches und trauriges Gedicht, aufrichtig im einen und im anderen. Nur der Bosporus vermag ein mittelmäßiges Lied mit heroischem Schwung zu erfüllen; und in Konstantinopel vernimmt man auf Schritt und Tritt den schönsten, den vollkommensten, den unaussprechlichsten Seufzer, den eine zu Tode gequälte Seele ausstoßen kann: das berühmte *aman bre!* des Türken und aller Orientalen, die seine Sprache sprechen.

Ja, diesen Seufzer kann man auf Schritt und Tritt vernehmen, und er läßt einen stets zusammenzucken, denn er ist immer echt wie das anspruchslose Lied, das ein glücklicher Bootsmann auf dem Bosporus mit leidenschaftlicher Stimme singt. Das ist es: So ist die Türkei. *Aman bre!* Istanbul, wenn es sein Herz aufschließt …

So sieht man zum Beispiel zwei Männer mit dem Fes auf dem Kopf und mit europäischer Kleidung schweigend an einer vom Sonnenuntergang beglänzten Ufermauer entlanggehen:

»Aman bre!« stöhnt einer von ihnen, und er weiß wohl, weshalb.

Und der andere deutet sogleich auf den fröhlichen Bootsmann und sagt:

»Wie schön er singt! Meinst du nicht auch?«

Ich habe Konstantinopel sehr gern.

Und als ich am Abend jenes Tages noch draußen saß, um den Kaffee und die Nargileh zu schmecken, hörte ich auf einmal hinter mir die Worte:

»*Aman bre!*«

Ihr glaubt, ich wäre zusammengefahren? Nein, die Haare sträubten sich mir; denn es war Epaminonda, der diesen Seufzer ausgestoßen hatte!

Er stand da und lehnte sich mit der Schulter an den Pfosten einer offenen Tür. Ein bartloser, faltiger, alt gewordener Epaminonda, zerknittert wie ein Landstreicher, der unter den Brücken schläft. Mit unbedecktem Kopf, eine Hand in der Tasche, während durch die Finger der anderen ein Rosenkranz glitt, starrte er vor sich hin ins Leere und seufzte wiederum:

»*Aman bre!*«

»Epaminonda!« rief ich und ließ meinen Tschibuk fallen.

Er drehte sich langsam nach mir um, erkannte mich und sagte dann, als ob wir erst am Abend vorher auseinandergegangen wären:

»Ach! ... Du bist es ... Marco ...«

Ich stürzte auf ihn zu:

»Und Neranzula, wo ist Neranzula?«

»Oh!« antwortete er mit einfältigem Lächeln: »Du nennst sie noch ›Neranzula‹!

Dort drin ist sie, aber jetzt nennt man sie nur noch ›Anicuța‹ …«

Dieses *Jetzt!* … Es wog schwerer als tausend Tode.

»Mit wem sprichst du da, Epaminonda?« ertönte eine Stimme, die ich allzu gut kannte, als daß mir die Knie nicht den Dienst versagt hätten, und die allzu vernichtet war von Epaminondas *Jetzt*, als daß ich nicht am liebsten geflohen wäre, eiligst geflohen, um dieses Konstantinopel, das ich so sehr liebte, niemals wiederzusehen!

Anicuța erschien, und ich sank auf meinem Stuhl zusammen.

Es war vorüber mit ihr … Das war alles, was ich auf den ersten Blick sehen konnte, denn als sie mich erblickte, stieß sie einen Schrei aus und verschwand im Inneren des Hauses.

Starr wie ein Automat ging ich hinein, um sie dort aufzusuchen, wo sie, das Gesicht in den Händen verbergend, weinend auf dem ›Arbeitsbett‹ des Hinterladens lag.

»Ist er denn wirklich gestorben?« fragte sie stöhnend, während sie den Kopf im Kissen vergrub.

»Ja, gestorben … Anicuța … Ein einziges Mal gestorben … *Er* …«

*

In meinem trübsinnigen Hotelzimmer konnte ich die ganze Nacht über kein Auge schließen. Neranzulas Worte, als sie von Epaminonda erzählte, gingen mir nicht aus dem Sinn:

»Er hat noch niemals mit mir geschlafen und glaubt, daß er mich immer davor bewahrt, mit den Kunden zu gehen. Aber, da er kein Geld mehr hat, um die *ţaţa* zu bezahlen wie in Brăila, gebe ich ihm welches. Und es amüsiert mich, zu sehen, wie er die Chefin mit 50 Centimes bezahlt, wo sie doch mindestens eine Taxe von 2 Francs kassiert. Selbstverständlich lassen wir ihn immer in dem Glauben, daß er mich daran hindert, ›das Schlechte zu tun‹, wie er sagt, aber ich kann trotzdem machen, was ich will, denn er sieht nichts mehr davon, *so dumm ist er geworden* mit seinem ewigen *aman bre!*«

Epaminonda *war dumm geworden*, sagte unsere schöne Neranzula …

»*Aman bre!*« sagte ich meinerseits …

Konstantinopel … Konstantinopel …

*

Auf ihre Bitte hin hatte ich ihr versprochen, am Tag darauf gegen Mittag wiederzukommen, obwohl mein Entschluß, mich aus dem Staube zu machen, ohne die beiden noch einmal zu sehen, schon gefaßt war, als wir uns trennten. Aber am nächsten Morgen schlief ich unter dem Einfluß irgendeines schrecklichen, dämonischen Willens tief wie ein Murmeltier und erwachte erst, als meine Tür von heftigen Schlägen dröhnte. Es war fünf Uhr nachmittags. Ich öffnete: Anicuța und Epaminonda! Wie sie es angestellt hatte, mich aufzustöbern, weiß ich nicht. Es war allerdings nicht allzu schwer, denn ich wohnte ganz in ihrer Nähe, in Galata.

»So ist das also!« rief sie, daß es auf dem ganzen Korridor zu hören war: »Du hast dich die ganze Nacht herumgetrieben!«

Ich zog mich an und verließ das Hotel. Draußen wollte mir Anicuța unbedingt Konstantinopel zeigen. Ich ließ mich von ihnen fortzerren wie ein Schaf, das man zur Schlachtbank führt, ohne etwas zu begreifen oder etwas zu sehen, außer dem festtäglich aufgeputzten Epaminonda, der alle Blicke auf sich zog, weil er aussah wie einer aus der Verrücktenanstalt, beharrlich schwieg und ständig sein *dummes* Lächeln zur Schau trug. Während des Abendessens tat er nur ein einziges Mal seinen Mund auf, um wie ein Esel zu schreien:

»Marco! Ist sie nicht nett, die Anicuța?«

»Ja, mein Lieber, sie ist nett, nun sei aber still!«

»Warum sagst du das zu ihm?« tadelte sie mich. »Er hat mich sehr gern, der Arme!«

»Ich sehe es: Ebendeshalb sage ich zu ihm, er soll nicht zu laut schreien. Daß es kein Aufsehen gibt.«

*

Und nun sind wir endlich am Rand des Grabes, da, wo sich der Wille des Schicksals erfüllen sollte.

»Komm, Marco!« sagte sie zu mir: »Wir wollen eine Bootsfahrt auf dem Bosporus machen … Abends ist es so schön dort!«

Ich nahm sofort an, denn ich befürchtete schon, ins Theater eingeladen zu werden, und so fuhren wir ohne Bootsmann hinaus. Ich saß am Ruder.

Der Bosporus war still wie ein Friedhof. Am Goldenen Horn glänzten winzige Lichter, die unseren dahingewelkten Seelen glichen. Kein einziger Ruf … Kein Lied … Keine Klage …

Wir fuhren sehr weit, ohne ein Wort zu sagen. Sie saßen am Heck des Bootes und schmiegten sich aneinander wie Verliebte. Vor allem Epaminonda; er hielt sie fest um die Taille gefaßt.

Ich konnte kaum ihre Gesichter erkennen.

»Marco!« sagte sie, »erinnerst du dich noch an das Lied:

Am Ufer des Meeres, am Strand,
Neranzula fundoti!
Ein Mädchen wusch seinen Rock,
Neranzula fundoti!«

»*Aman bre!*« heulte ich, »zu Hilfe!«

Doch um uns her gab es keine Menschenseele: pechschwarze Finsternis und in weiter Ferne die Lichter.

»Warum denn *zu Hilfe*, Marco!« fragte sie verwundert.

Und dann stand sie auf; ich weiß es, sie wollte zu mir kommen, um mich zu küssen.

Sie konnte nur einen einzigen Schritt tun im Boot. Mit einer Armbewegung, die der Bewegung des Schnitters glich, umschlang Epaminonda ihre Taille und verschwand mit ihr in der schwarzen Flut.

Er hütete sich wohl, wieder aufzutauchen und sich die Erwählte seines Herzens rauben zu lassen.

APOSTOLIS MONASTIRIOTY: ZUM GELEIT

›Neranzula‹ ist aus einer Stunde glühenden Lichtes, einer Stunde des Tanzes hervorgegangen: Ich kann sagen, daß Panait ›Neranzula‹ beim Tanzen geschrieben hat. Dies geschah eines Nachmittags im ›Souterrain der Freundschaft‹ – so nenne ich das Souterrain von George Ionescu –, einem Souterrain, das manchmal von einem seltsamen, an Rembrandt erinnernden Licht erhellt wird, mit Schatten, die ausdrucksstärker sind als das Licht selbst …

Es geschah, nachdem wir gut gegessen und noch besser getrunken hatten, als die Gefährten vergangener Stunden in unser aller Erinnerung auferstanden. Wir sprachen von allem, was wir in unserer Kindheit kennengelernt und erlebt hatten, von den Vormittagen am Meer, den Nachmittagen auf dem Platz vor der Kirche, von den Abenden vor dem Haus.

Endlich waren wir bei den Liedern angekommen, den Liedern, die von unseren Müttern gesungen wurden, und bei den alten Tanzliedern, die unsere Mütter aus Rumänien und Griechenland sangen. Und so erwachte in meiner Erinnerung und auf meinen Lippen, mit dem Lächeln und der Lebhaftigkeit, die dazugehören, ›Neranzula‹, ein Lied und ein Tanz von der griechischen Küste, dem Land der Seeleute mit dem guten Herzen und den einfachen Sitten.

Stehend, das Glas in der Hand und mit den Fingern schnalzend, wie es meine Mutter Helena zu tun pflegte, habe ich Neranzula gesungen und getanzt.

Kato sto yialo
Kato sto perighiali

... Gesang und Tanz sind eine Welt für sich. Und sie lassen eine Welt auferstehen. Der Gesang ist ein Wunder, das andere Wunder in sich birgt. Und Neranzula ist ein wunderbares Lied, wie eine Quelle.

Jener Tag ließ für Panait eine Welt auferstehen, und er selbst schien auferstanden zu sein. Im Stehen murmelte er schon mit ruhig wirkendem Gesicht, in dem doch die Vergangenheit auflebte, und in der Seele bittere Qual, die Worte:

»Was? Was singst du da? Wie sagst du? Ne-ran-zu-la? Ne-ran-zu-la?«

Und es schien, als wende er sich an das Gespenst seiner eigenen Kindheit, und unbemerkt stimmte er wieder das Lied an und begann selbst zu singen und zu tanzen:

Neranzula fundoti
Neranzula mu condi

Und er ließ eine entschwundene Welt auferstehen. Ach, was für Spielzeuge sind wir doch in dem großen Traum!

»Wenn du nur wüßtest! Wenn du nur wüßtest! Du erweckst ein ganzes Leben in mir! ...«

Und Panait erzählte uns von den Jahren in Brăila, den Jahren der unerschrockenen, aufsässigen Neranzula, von der es im Rhythmus des Schicksals vermerkt war, daß sie vom Volk besungen würde als Tochter der Wogen, als ferne, sinnbildliche Schwester der Aphrodite – die am Ende gleichfalls dem Meer zurückgegeben wurde. Fröhlich und sieghaft ging sie aus dem Meeresschaum hervor, um dann, nachdem sie die Wunder des Lichtes kennengelernt hatte, ins Wellenreich zurückzukehren und mit sich die letzte Illusion zu nehmen, die die Verzweiflung den Sterblichen zugesteht.

Panait und ich haben diesen ganzen Abend und mehrere andere im ›Souterrain der Freundschaft‹ damit verbracht, Neranzula auf Griechisch zu singen, bis zu dem Augenblick, da er mit dem Schwung eines Tänzers aus dem Papier die Geschichte von der unglücklichen, glückseligen Tochter Brăilas aufsteigen ließ.

Die ›Neranzula‹ Panaits, ein Spiel der Liebe und des Meeres, wird mit der getöteten Liebe dem Meer zurückgegeben – den legendären Wassern des Bosporus.

Die andere, die Neranzula des Volkes, lebt und wird – trotz allem Elend und allen Kriegen, die das Lächeln und die Gesänge töten – im Herzen und auf den Lippen der Mütter und Töchter der griechischen Küste ewig leben:

Immerdar wird sie leben
Am Strand
Der rosenfarbenen Inseln,
Nicht zu belehren
Und nicht zu zähmen,
Mit ihren Fesseln,
Die strahlend weiß sind.
Und ihre Enthüllung
Zieht wie ein Blitz übers Meer
Und erleuchtet die Welt.

Neranzula! Damit der Okzident dich begreift, ist es nötig, daß er dich sieht und dich liest, wie du geschrieben wurdest: als alter und reiner Tanz von einst. Du bist im Tanzen geschrieben worden. Du mußt im Tanzen gelesen werden.

Neranzula! Du bist von Panaits Kindern jenes, das neben der größten Intensität eine reiche und natürliche Musik in sich birgt. Du bist Musik. Istrati und Neranzula gehören zu den Dramen, die wir eher nachempfinden müssen als versuchen, sie zu verstehen und zu erklären.

Istrati selbst wirft – wie ein unbesonnener, fatalistischer Spieler beim Glücksspiel – sein Herz stets dem Schicksal hin, ohne jemals zu wissen, ob seine Münze bei den im Okzident bekannten

Spielen Kurswert hat, seien es nun die Worte oder die Ideen.

So ist es auch mit Neranzula: Ein großer und bedeutender Teil seiner Musik wird vermittelt in einer immer wiederkehrenden Zeile von seltsamer, nicht zu entziffernder Klangfülle, einer Zeile, die ihr Geheimnis vielleicht andeutet, aber nicht enthüllt. Einer Zeile, die uns nach jedem Vorgang, in den pathetischsten Augenblicken, wiederbegegnet:

›Aman! Moré! Aman! Aman Neranzula!‹

Und dies, um uns das Innerste des Menschenherzens zu enthüllen und zu zeigen, wie die Blüten des Lebens schwarz werden und im bitteren Windhauch des Leidens abfallen.

›Aman! Moré!‹

Istrati läßt hier, obwohl er französisch schreibt, sein Denken und sein Herz die Muttersprache sprechen, die Sprache jener Welt, aus der er hervorgegangen ist. Wenn er die Partitur seiner Musik auf der Tonleiter des Okzidents wiedergibt, behält er dennoch den Schlüssel, der zur Tonleiter einer anderen Welt gehört: und dieses ›Aman! Moré!‹ ist einer der schönsten Schlüssel zu Neranzula, der Rhapsodie der Kindheit.

Aber alle jene, die Männer und Frauen überall auf der Erde und zu jeder Zeit, welche in der Liebe oder im Haß leben, im Opfer oder im Martyrium, frei oder zwischen Gefängnismauern, im Augenblick der Geburt oder des Todes, in der Freude oder im Schmerz, alle, welche die Tragik des Mysteriums empfunden und, sich an Gott oder die Menschen, die Väter oder die Henker wendend, den großen herzzerreißenden Schrei ausgestoßen haben: ›Brüder! Brüder! Erbarmen! Um der Liebe zum Leben willen, Brüder! Zu Hilfe, zu Hilfe! Denkt daran, daß wir Brüder sind! Kommt! Wir haben genug gelitten! Genug, genug, genug!‹, sie alle müssen fühlen, daß dieses ›Aman‹, das Istrati in den entscheidendsten und grausamsten Augenblicken des Lebens seiner Gefährten und Brüder singt, nichts weiter ist als unser aller Schrei angesichts des Schicksals – des über Götter und Menschen verhängten Schicksals.

1927

NACHWORT

›Ich bin bereit, jeden freien Menschen zu lieben!‹
(Vergangenheit und Zukunft, 1925)

Die Geschichte von Neranzula und den drei jungen Männern, die ihr in Liebe verbunden sind, beginnt offenbar heiter, ja mitunter versöhnlich mit Episoden von großer Strahlkraft, um schließlich immer düsterer zu werden und in bitterer Tragik zu enden. Panait Istrati beschwört Schicksale einfacher Menschen herauf, die sich gegen übermächtige Anfechtungen, denen sie in ihrer Lebenswelt begegnen, lange zur Wehr setzen und die dann, wie im Fall des todkranken Aurel, völlig am Leben zerbrechen oder sich immer weniger wehren und den Weg schrittweiser Degradation gehen wie im Fall der anfangs so beeindruckend gezeichneten Hauptgestalt und Epaminondas, der sich nach seiner verbrecherischen Tat in Schwachsinn flüchtet. Nur Marco, der Erzähler, scheint relativ integer aus dem Geschehen hervorzugehen. Vielleicht weil er ein Zeuge ist, der das menschliche Leid auf sich genommen hat, wie es Istrati forderte. Doch selbstverständlich läßt sich unsere Geschichte nicht in ein so einfaches Schema pressen. Schon gar nicht bei einem Autor von der Art Panait Istratis, der viel mehr vom einfühlenden Erfassen als vom logischen Verstehen seiner Werke hielt. Die Liebe zu Neranzula wird durch das ganze Buch hindurch letztlich von keiner der männlichen Hauptgestalten aufgegeben, und alle bleiben aneinander und mit Neranzula verkettet. Die magnetische Kraft, der solche miteinander verknüpften Existenzen ausgesetzt sind, hat der rumänische Dichter häufig ›Schicksal‹ genannt. Doch ist dies keineswegs ein metaphysischer Begriff für ihn. Vielmehr unterliegen alle seine Gestalten der bannenden Kraft ungelöster Konflikte und zerstörerischer Zustände, vor allem der namenlosen sozialen Ungerechtigkeit in der Gesellschaft.

Beschäftigt man sich nach der Lektüre von Istratis Erzählungen und Romanen eingehender mit der Biographie des Autors, so wird man gewahr, daß in allem, was er geschrieben hat, eine umfangreiche, differenzierte, bittere Erfahrung des Lebens verarbeitet ist.

Panait Istrati wurde als illegitimer Sohn einer rumänischen Wäscherin und eines griechischen Tabakschmugglers von der Insel Kefalonia 1884 in Brăila, der Hafenstadt an der Donau, geboren. Sein tuberkulosekranker Vater starb ein Jahr später in Athen. Der junge Panait, der von seiner Mutter unter Entbehrungen aufgezogen wurde, mußte nach dem Besuch der Elementarklassen mit dreizehn Jahren als Lehrling und Gehilfe in den einfachsten Berufen arbeiten. So war er unter anderem auf den Docks des Donauhafens tätig, lief als Bote herum, war Ladenschwengel, Kesselflicker, Schlossergehilfe und wirkte auch in Dutzenden anderen Werkstätten und Geschäften. Als er 1904 mit seinem langjährigen Freund Mihail, der in vielen von Istratis Büchern erwähnt wird, nach Bukarest kommt, nimmt er Kontakt zur sozialistischen Arbeiterbewegung auf und beteiligt sich an mancherlei Protestaktionen. 1906 vagabundiert er durch Ägypten und Syrien und versucht auch, per Schiff Frankreich zu erreichen, aber der blinde Passagier wird in Neapel an Land gesetzt. 1908 kehrt Istrati nach Rumänien zurück. Er wird Mitarbeiter einer Arbeiterzeitung und 1910 Sekretär der Gewerkschaft der Hafenarbeiter von Brăila. Zwei Jahre später reist er wieder in das Land seiner Sehnsucht, nach Ägypten, und schickt von dort Artikel an seine Zeitung. Diesmal gelingt es ihm auch, nach Paris zu kommen, wo er eine dauernde Freundschaft mit dem Schuster George Ionescu schließt. In Ionescus ›Souterrain der Freundschaft‹ hört er einige Jahre später das griechische Tanzlied ›Neranzula‹, das ihn, wie es Apostolis Monastirioty in seinem Geleitwort schrieb, zur Aufzeichnung und dichterischen Transponierung von Jugenderlebnissen inspirierte. Nach Rumänien zurückgekehrt, setzt Istrati seine intensive gewerkschaftliche und journalistische Tätigkeit fort, nebenher macht er belletristische Versuche. Erste Fassungen und Entwürfe zu Erzählungen entstehen in rumänischer Sprache. Nach Kriegsausbruch, 1915, läßt sich Istrati, der unter anderem auf Grund seiner angeborenen Tuberkulose vom Militärdienst befreit ist, in der Schweiz nieder; offenbar will er sich in den kommenden Jahren in einem westeuropäischen Land eine Existenz schaffen. Mit Hilfe eines Wörterbuches und der Lektüre französischer Romane beginnt er Französisch zu lernen. Er lebt in dieser Zeit hauptsächlich von seinem geringfügigen Lohn, den er als Anstreicher erhält. Längere Zeit muß er im Krankenhaus verbringen. Der jüdische Schriftsteller Josué Jéhouda, den er im Sanatorium kennenlernt, empfiehlt ihm die Lektüre der Werke von Romain Rolland. Istrati ist von der künstlerischen Kraft und der menschlichen Haltung Rollands überwältigt. Als er 1921, seit langem arbeitslos, ständig kränkelnd und völlig deprimiert, in Nizza einen Selbstmordversuch unternimmt, findet man in seiner Brusttasche ein an Romain Rolland gerichtetes Selbstbekenntnis, in dem er von seinen verfehlten literarischen Versuchen und seiner verzweifelten Lage spricht. Der große Schriftsteller und Istratis Pariser Freund George Ionescu helfen ihm nach Kräften. Rolland fordert von ihm, zu leben und ›sein Werk zu schreiben‹. Er korrigiert selbst die ersten in Französisch geschriebenen Erzählungen Panaits, unter anderem das Meisterwerk ›Onkel Anghel‹. Später tun es auch Istratis Freunde Jean-Richard Bloch und Jacques Robertfrance. Doch, wie Rolland selbst bezeugt hat, schreibt Istrati von Buch zu Buch ein genaueres und natürlicheres Französisch. Allerdings behält er bewußt ein Reihe rumänischer Wörter bei und transponiert typisch rumänische Wendungen in gewissen Fällen ins Französische. Seine französischen Originale erhalten auf diese Weise eine ganz unverwechselbare Note. Kritiker haben sogar davon gesprochen, daß hier eine Osmose zweier romanischer Sprachen und zweier Denkweisen stattfinde.

Diese Arbeitsweise zeitigt bald überraschende Erfolge. 1923 veröffentlicht die

Zeitschrift ›Europe‹ sein erstes bedeutendes Werk ›Kyra Kyralina‹ mit einem rühmenden Vorwort Romain Rollands, der davon spricht, daß ein ›Gorki des Balkans‹ entdeckt worden sei. Istrati beendet jetzt ein Buch nach dem anderen. In französischer Sprache erscheinen in kurzen Abständen nach ›Kyra Kyralina‹ und ›Onkel Anghel‹ die Erzählungen ›Vorstellung der Heiducken‹, ›Codin‹, ›Die Herrin von Snagov‹, ›Neranzula‹ (1927), ›Mihail‹ und auch der zusammen mit Josué Jéhouda geschriebene Roman ›Familie Perlmutter‹.

Zum zehnten Jahrestag der Oktoberrevolution wird der bald berühmt gewordene Schriftsteller in die Sowjetunion eingeladen. Hier lernt er Maxim Gorki persönlich kennen und freundet sich mit Nikos Kazantzakis an. Auf dem Kongreß der Internationalen Assoziation revolutionärer und proletarischer Schriftsteller wird er neben Barbusse, Becher, Lunatscharski und anderen Autoren in das geschäftsführende Komitee gewählt. Mit Kazantzakis und seiner ersten Frau reist er nach Griechenland, muß das Land seines Vaters wegen ›kommunistischer Umtriebe‹ aber nach kurzer Zeit wieder verlassen. Vorher hatte er noch seine Erzählung ›Die Disteln des Bărăgan‹ abgeschlossen. 1928 begibt er sich zusammen mit Kazantzakis auf eine gigantische

Reise durch die UdSSR. Seine in den letzten Jahren angesichts zahlreicher Buchveröffentlichungen in teilweise hohen Auflagen reichlich eingegangenen Honorare sind nach der Reise aufgezehrt. Als er wieder in Paris ist, veröffentlicht er ein Reisebuch, in dem sich neben der Begeisterung des Schriftstellers über den von dem großen revolutionären Land eingeschlagenen Weg der Veränderungen auch Skepsis zeigt. Istrati hatte in dieser Zeit Mißstände wahrgenommen, die auf den ersten Blick nicht sichtbar waren und die mit der einsetzenden Politik des Personenkults im Zusammenhang standen. Da er offen und undiplomatisch über das kritisch Wahrgenommene schreibt, kommt es bald zum Bruch mit zahlreichen seiner linksstehenden Freunde, die ihm vorwerfen, der internationalen sozialistischen Bewegung zu schaden. 1929 reist Istrati nach Rumänien, um die Hintergründe der im Bergbaugebiet von Valea Jiului von der rechtsbürgerlichen Regierung verübten Massaker an streikenden Arbeitern zu untersuchen. Ein Jahr darauf entschließt er sich trotz mancher Anfeindung in der rumänischen Presse, Frankreich endgültig den Rücken zu kehren (der ›Westen ist tot‹ für ihn) und sich wieder in seiner Heimatstadt Brăila niederzulassen. Er fühlt sich – von den meisten politisch linksstehenden Freunden und Schriftstellerkollegen gemieden und auch nicht bereit, das Spiel der ihn umwerbenden Rechten mitzumachen – immer mehr als ein Mensch, der keiner Gruppierung, keiner Überzeugung angehört, der völlig einsam ist. Er fristet seinen Lebensunterhalt trotz schwerer Krankheit durch Beiträge in rumänischen Zeitschriften, deren politischen Standort er nicht immer genau prüft. Er arbeitet auch zu einem Hungerlohn für einen Verlag, der eine volkstümliche Romanreihe konzipiert. Nebenher übersetzt er den größeren Teil seiner besten Erzählungen ins Rumänische, seine Muttersprache, so daß heute von wichtigen Werken wie ›Kyra Kyralina‹, ›Onkel Anghel‹, ›Die Heiducken‹, ›Der Schwammfischer‹, ›Tante Minka‹ und mehreren autobiographischen Büchern Fassungen in beiden Sprachen existieren. Einige seiner letzten Werke schreibt Istrati nun sogar zunächst auf Rumänisch.

Obwohl ihn die Krankheit für immer längere Zeit ans Bett fesselt, unternimmt er noch Reisen nach Frankreich und Deutschland. 1935 wird er von seinem ehemaligen Freund Henri Barbusse in einem Artikel der ›L'Humanité‹ mit den schlimmsten Vorwürfen überschüttet. Istrati, so kann man dort lesen, habe sich in Rumänien den Antisemiten hinzugesellt, er stehe dem Faschismus nahe und sei sogar Agent der rumänischen ›Sicherheit‹. Diese Vorwürfe werden zum Teil auch von rumänischen Zeitschriften aufgegriffen. Istrati weist die Verleumdungen zurück, er will gegen seinen ehemaligen Freund, der ihn mit Haß verfolgt, prozessieren; sein Ansehen trägt in der Öffentlichkeit jedoch großen Schaden davon. Die Vorwürfe des Schriftstellers Barbusse gegen Panait Istrati wurden erst am 21. 4. 1978 in der gleichen Zeitung offiziell dementiert.

Am 16. April 1935 erliegt der Dichter seiner lebenslangen schweren Krankheit. Postum erscheint noch im gleichen Jahr das letzte autobiographische Buch ›Sonnenuntergang‹.

Panait Istratis erzählerisches Werk, das in den zwanziger und dreißiger Jahren in vielen europäischen Ländern so großen Erfolg hatte, war für einige Jahrzehnte außerhalb Frankreichs nahezu vergessen. Seit mehreren Jahren jedoch deutet sich eine spürbare Zuwendung zu seinen Büchern an. Für viele Leser wirken sie heute noch überraschend modern. Wenn Panait Istrati immer wieder vom ›Schicksal‹ spricht, dem seine Gestalten anscheinend gnadenlos unterworfen sind, dann verbirgt sich hinter dieser Formel eine Quintessenz aus dem lebenslangen Kampf des Dichters und derer, die ihm nahestanden, gegen soziale und rassische Entrechtung und aus der stets erneuerten Erfahrung, daß zahlreiche der Versuche seiner Leidensgenossen, die ungerechten Verhältnisse zu ändern, scheiterten. In Istratis Geschichten hat sich die Erfahrung kondensiert, daß es keine rasche und keine immer gültige Abhilfe für diese Ungerechtigkeiten gibt und daß auch die besten Versuche immer wieder vom Scheitern bedroht sind. Istrati ist kein Pessimist, aber er bleibt der ewig Unruhige, der Empörer, einer, der sich niemals zufriedengibt und der sich nicht täuschen lassen will. Daher ist das Schicksal seiner Gestalten immer bedrückend, und dennoch kraft seiner Wahrhaftigkeit erhebend. Für ihn gibt es keine Beruhigung, keine Flucht in die Idylle. Dieser Dichter, der sich unter unendlichen Mühen autodidaktisch bildete, hat einmal geäußert, ihn habe eigentlich nur sein literarisches Werk gerettet. Hat er, der Schriftsteller, nun den Schlüssel zu einem besseren, einem erfüllten Leben gefunden? Istrati antwortet uns im vorliegenden Buch indirekt auf die Frage. Der Künstler, schreibt Istrati, kann seine Achtung nur insofern finden, als er in hohem Maße menschlich handelt. Nur dann nämlich, wenn er bereit ist, ›das ganze menschliche Leid‹ auf sich zu nehmen und den eigenen, in diesem Fall künstlerischen Weg zu seiner Überwindung zu gehen. Vielleicht steht uns Panait Istrati heute nahe, weil er im Prisma seiner konzentrierten, widerspruchsvollen, vielfach gebrochenen Erzähltexte ein gut Teil von der konfliktgesättigten Atmosphäre heutiger Gesellschaften eingefangen hat, in denen Beruhigung und hochgestochene Idylle völlig fehl am Platz sind.

Leipzig, im September 1986 Roland Erb

ANMERKUNGEN

9 *Nargileh:* türk., orientalische Wasserpfeife.
16 *Mahala:* rumän., Vorstadt, Vorstadtviertel. Heute leicht abwertend gebraucht.
18 *Fünfbanimünze:* Der rumänischen Währungseinheit von 1 Leu entsprechen 100 Bani. Das Fünfbanistück ist die zweitkleinste Münze.
36 *Palikaren:* griechische Freiwillige im Befreiungskampf von 1821.
57 *Polenta:* eigentlich weitverbreitetes italienisches Maisgericht. Hier für den rumänischen Maisbrei *mămăligă* gebraucht.
64 *barcagiu:* rumän., Bootsmann, Kahnführer.
72 *moré:* ngrch., der Bekräftigung einer Aussage dienende Interjektion.
73 *Neranzi-mu:* grch., meine Neranzula.
75 *pepenar:* rumän., Melonenzüchter.
78 *Aman! ... Neranzula ... Aman! ...:* ngrch., etwa: um Gottes willen, Neranzula.
83 *hingheri:* rumän., Abdecker, Schinder.
88 *Gologan:* alte rumänische Kupfermünze zu 10 Bani.
90 *Aman, Marco, aman!:* Vgl. Anm. zu S 78.
92 *Bre Marco:* türk., rumän., etwa: Na, so was, Marco.

96 *țața:* rumän., eigentlich familiär für Tante; hier für Puffmutter gebraucht.
nene: rumän., eigentlich als Anrede für den älteren Bruder oder männlichen Verwandten gebraucht; hier für Zuhälter.
103 *›à la hongroise‹:* frz., auf ungarische Art.
cafegiu: rumän., Kaffeehauswirt; hier Bursche, der den Kaffee zubereitet und serviert.
104 *codoșcă:* rumän., Kupplerin.
113 *Domnu' Grigore:* rumän., familiär als Anrede: Herr Grigore.
123 *rachigiță:* rumän., Schnapsverkäuferin.
133 *moré:* s. Anm. zu S. 72.
Poli: alte rumänische Münze oder Banknote zu 20 Lei; im 19. Jahrhundert auch Bezeichnung für verschiedene russische oder französische Münzen, die Kurswert in den rumänischen Provinzen hatten.
148 *Chindia:* rumänischer Volkstanz, der der Sîrbă ähnelt, mit binärem Rhythmus und lebhafter Bewegung; vor allem in Muntenien verbreitet.
157 *Aman bre! Aman bre! Aman bre!:* türk., hier dreimal wiederholter Stoßseufzer, der Klage, Empörung und Entsagung vereint.
165 *dahabieh:* arab., schmales Segelboot mit Kajüte, das auf dem Nil zur Beförderung der Reisenden verwendet wurde.
173 *Tschibuk:* lange türkische Tabakspfeife mit kleinem Ton- oder Meerschaumkopf.

INHALT

Die Übersetzung
erfolgte nach dem Originaltext der Ausgabe:
Panait Istrati,
Œuvres choisies/Opere alese. VI. Editura Minerva,
Bucureşti 1974

ISBN 3-7350-0021-5

Erste Auflage 1987
Lizenz Nr. 387/190/105/87 LSV 7251
Lichtsatz: INTERDRUCK Graphischer Großbetrieb
Leipzig – III/18/97
Druck und buchbinderische Weiterverarbeitung:
LVZ-Druckerei ›Hermann Duncker‹,
Leipzig III/18/138
Schrift: Garamond-Antiqua
Buchgestaltung: Gert Wunderlich, Leipzig
Printed in the German Democratic Republic
Bestell-Nr. 786 298 6
00800